都是神仙惹的禍

文 王文華　圖 托比

序

踏上西遊，拜訪妖怪！

我家拜齊天大聖。他在二樓神明廳，手持金箍棒，神情威武。

我曾好奇的調查同學家：最熱門的是拜媽祖娘娘，第二高票是大慈大悲的觀世音菩薩，然後是什麼王爺什麼大帝，只有我家供奉齊天大聖孫悟空。

忘了介紹，我家在大甲，鎮瀾宮海內外聞名，每年要去北港朝天宮繞境進香，家家戶戶拜媽祖很正常。

小時候，我的好奇心強，例如：大甲的媽祖，北港的媽祖外加大甲去北港沿路的所有媽祖廟，不都是同一個媽祖嗎？為什麼要趕著三月小陽春，從大甲往北港走上七天六夜？

既然都是媽祖廟，拜一間不夠嗎？

這疑問，我是看完西遊記才找到解答的。

齊天大聖有七十二變，觔斗雲一翻十萬八千里，如意金箍棒十萬八千斤重。

沒人比我更熟悉他的。這點我有自信，因為他就在我家二樓神明廳嘛。

孫悟空的絕招很多，其中之一就是拔一把毫毛，嚼一嚼，變出幾千幾百個分身。

當時我想，媽祖娘娘一定也跟齊天大聖學了這門法術。她身上沒猴子毛，但是她有頭髮呀，忍痛拔一小撮，嚼一嚼，就能變出幾千幾百個媽祖娘娘，然後從澎湖天后宮一直到大甲鎮瀾宮再彎去北港朝天宮，這裡一個分身，那裡一個分身。小五那年，我媽帶我去進香，其實就是去拜訪這些分身，那其實比較接近便利商店集點換獎品，每一個分身拜一拜，拜得愈多，蒐集的法力就愈高，最後就能讓願望成真。

沒錯吧。

小五進香那年，我的包包裡有一本西遊記，全本文言文的。

不是我語文程度高，只因為我家沒其他故事書，我又是文字控，包包裡得有書呀。進香的路上，我半猜半讀的讀完它。

愈看愈覺得孫悟空了不起，西天路上多少妖怪呀，他要侍奉一個遇到困難就掉眼淚的師父，碰到不如意的事就喊解散的豬師弟，對了，師父還懷疑他、誤解他，動不動就叨念著緊箍兒咒。

孫悟空有通天的本領，卻被咒得在地上打滾兒，他怎麼不跑呢？他只要翻個觔斗就十萬八千里了呀，難道唐僧的咒語能千山萬水的追下去？

更好笑的是那些妖怪。

明明都抓到唐僧了，卻沒人敢一口吃了他，總是很有規矩的互相警告：「唐僧有個大徒弟不好惹，只有把孫悟空抓起來了，才能安心享用。」

唉，這些笨笨的妖怪，怎麼沒有一個嘴快的，硬要一口咬了唐僧，那就長生不老了，既然長生不老了，那就不怕孫悟空的鐵棒了呀。

怎麼沒有妖怪想到呢？

《妖妖要吃唐僧肉》集合了西遊記裡貪吃的妖怪，來吧，嘴快一點，看誰先啃到唐僧肉。

西天路上，妖怪其實也有很厲害的，像是獨角犀牛王，他的金鋼琢把大大小小神仙的法器都收掉了；像平頂山三魔王，他的翅膀一揮九萬里，揮兩下就贏過孫悟空了……

這些厲害的妖怪們，你們怎麼會戰敗呢？

組個妖怪聯盟不行嗎？齊天大聖要出動如來佛才鎮得住，如果把這些比孫悟空還厲害的妖怪找來組成聯盟……哇，於是有了《怪怪復仇者聯盟》。

西遊記裡的妖怪，其實有很大一部分來自天庭，像是奎木狼星，像是嫦娥身邊的小白兔，像是金角、銀角，他們放著天庭裡長生不老的幸福日子不過，何苦下凡當妖怪？

一定有什麼陰謀，神魔不分，《都是神仙惹的禍》說的就是這些分不清是神是魔的妖怪。

孫悟空有金箍棒，鐵扇公主有芭蕉扇，加上陰陽二氣瓶，會吸人的紫金葫蘆，如果拿這些神奇寶貝來做排行，我想第一名是金剛琢，第二名應該是芭蕉扇，什麼，你不同意我說的？沒關係，讀完《神奇寶貝大進擊》，人人心中有把尺，人人都能評出自己的神奇寶貝排行榜。

寫【奇想西遊記】這套書時，我一直在爬梳，想理清這麼多妖怪的真面目，寫著理著，慢慢的我發現一個真理，想當個好妖怪，除了頭怪腳怪身體怪，還有個性也要很古怪。說起古怪，這世上每個人都有點兒小小的怪吧？

有的人愛錢，要他捐一毛錢，那比殺了他還痛苦。怪不怪？

有人貪吃，除了嘴巴，其他四肢根本不想動。怪不怪？

有的人嗜賭，即使砍了他十根手指頭，他照賭不誤。怪不怪？

還有人為了分數，作弊、偷翻書，考完了還分分計較。你說怪不怪？

人人血液裡都有一點兒「怪怪」的基因，有的人怪得很可愛，像是愛畫畫愛小貓；有的人怪得挺可怕的，像是愛喝酒愛打架……

愈想愈明白，原來妖怪始終來自於人性，沒有這麼多怪怪的人類，哪來這麼多反應人性的妖怪？

這些妖怪就像一面面的鏡子，他們埋伏在西遊路上等你光臨，我們也要感謝他們用自己妖怪的惡名，替我們承擔世上這些怪怪的惡。

好囉，咱們踏上西遊，拜訪這些妖怪吧！

目錄

人物介紹

取經四人組

唐三藏

又名唐僧

- 法術：緊箍兒咒
- 戰鬥指數：0

唐三藏善良仁慈，奉唐太宗的命令去西天取經，他唯一的絕招是緊箍兒咒，咒得孫悟空疼痛不已。真實的唐僧，其實是唐朝著名的玄奘法師，他獨自一個人，花了十九年的時間到印度取回佛經，翻譯成中文，是中國佛教史上的偉大翻譯家、旅行家。

孫悟空

又名孫行者、美猴王、齊天大聖

- 兵器：如意金箍棒
- 法術：七十二變、觔斗雲
- 戰鬥指數：99
- 最怕：緊箍兒咒

孫悟空出生於東勝神州花果山一顆大石頭，跟著菩提祖師學法術，他大鬧天宮後，被如來佛鎮壓在五行山下五百年，經過觀音點化，保護唐僧往西天去取經，這一路上，遇妖降妖，遇魔伏魔……

沙悟淨

又名沙僧、沙和尚

- 兵器：降妖寶杖
- 戰鬥指數：69

沙悟淨原是天上的捲簾大將，因為失手打破琉璃盞，誤觸天條，被逐出天庭後，在流沙河裡興風作浪。經過觀音菩薩點化，是取經四人組最後加入的成員。

豬八戒

又名豬悟能

- 兵器：九齒釘耙
- 法術：三十六變
- 戰鬥指數：72

豬八戒法號悟能，本來是天上的天篷元帥，因為酒醉調戲了嫦娥仙子，被處罰下凡投胎做人，只是他誤入畜牲道，變成了豬頭人身。因為懶，只學了三十六變化，變身時，長鼻子永遠變不掉，雖然人在取經路上，卻老想著回高家莊，繼續做妖怪去。

赤腳大仙

- 法術：赤腳大法、天耳功、
  天眼功
- 戰鬥指數：60

赤腳大仙打著赤腳在四海雲遊，他接到王母娘娘的邀請參加蟠桃盛會，孫悟空卻騙了他，再變身成他去搗亂盛會，玉皇大帝誤以為是赤腳大仙的錯，把他綁在捆仙柱上，成了神仙界的笑話。孰可忍，孰不可忍，赤腳大仙下定決心，要用盡一切方法，阻止孫悟空去取經。

銀角

・寶貝：紫金紅葫蘆、羊脂玉淨瓶，
七星劍，芭蕉扇、幌金繩
・戰鬥指數：70

金角大王和銀角大王原本是看守太上老君金爐的童子，孫悟空大鬧天宮時，踢翻了金爐，他們跟著倒楣，被判守五行山下五百年，煉製鐵丸銅汁給孫悟空吃。五百年後，他們偷了太上老君的法器，下凡為妖，等著找孫悟空算帳。

金角

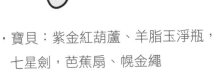

靈感大王

・兵器：九瓣銅錘
・法術：呼風喚雨結河成冰
・戰鬥指數：75

靈感大王家住觀音菩薩的蓮花池裡，原是一條愛聽經的小金魚，聽著聽著修煉出法力。赤腳大仙邀他下凡，他手持九瓣銅錘，躍進通天河為妖，要村民送童男、童女給他吃，連唐三藏一行人都中了他的計，掉進通天河。

獨角犀牛王

・兵器：點剛槍
・寶貝：黃金圈子（金剛琢）
・戰鬥指數：80

獨角犀牛王本是太上老君的座騎青牛，被赤腳大仙私放下凡，他覺得青牛的形象太拙，還是犀牛勇猛，於是變身成犀牛王。他有一個神奇的黃金圈子，只要把它往天上一拋，不管是洪水、大火，還是金箍棒、棒棒糖，全被他沒收，他蒐集的寶貝太多了，整天忙著蓋倉庫和博物館，就為了放他這些寶貝。

獅駝山三魔

大魔王

・兵器：大魔王使大刀、
二魔王拿長槍、
三魔王手持方天畫戟
・寶貝：陰陽二氣瓶

獅駝山三魔王中，論法力，三魔的法力最高；論人數，這裡共有四萬八千個小妖，外加三魔是獅駝國的國王，妖氣沖天，勢力龐大。孫悟空能打敗大魔二魔，但是三魔飛得比孫悟空的觔斗雲還快，翅膀一拍就是九萬里，拍兩翅膀就追上孫行者！

二魔王

三魔王

1 赤腳大仙的冤情

左腳右腳，沒有香港腳，
前腳後腳，今天打赤腳。
常打赤腳身體好，
天天赤腳道行高。

一朵祥雲，傳來歌聲，啊，那是赤腳大仙。大仙很開心，他要去參加西天王母娘娘的蟠桃盛會嘛。為了這場盛會，他特地把腳洗三遍，擦六遍，噴上九層香香的爽身

粉，這才出門。

過一百位。

滿天神佛有九十九萬九千九百九十九位，能得到邀請的，其實不超

「那是王母娘娘垂愛。」赤腳大仙眉開眼笑。

祥雲在空中自由飛，前頭跳下齊天大聖來。

齊天大聖是可愛的小猴子，他問：「大仙去哪裡呀？」

「我去參加王母娘娘的蟠桃盛會呢。」

「哦，還好，玉帝說我的觔斗雲跑得快，要我向大家說，今天先到

通明殿整隊，集合完，他帶大家去瑤池，這樣才有禮貌。」

「玉帝英明，」大仙好開心：「幸好碰上你，謝謝啦。」

大仙掉轉祥雲，揮揮手，加快「雲」力，往通明殿去。

眾神都還沒到，通明殿裡裡外外好安靜，連守門的石獅也在睡覺，鼾聲呼嚕呼嚕的。

祥風吹，吹得菩提樹上掉下幾片黃葉。

祥風再吹，又吹落幾片黃葉。

又幾片黃葉。

落葉堆成一座小山……

「大家怎麼還不來？」大仙等累了，打個哈欠，他也想睡了。

等大仙睜開眼睛時，天都黑了，石獅正用舌頭舔著他。

「不會吧，還沒有神仙來集合？還是他們來時，我在睡覺，那就有點過分哦，應該把我叫醒呀。」

赤腳大仙急忙駕上祥雲，猛加雲力，飛到瑤池，那裡……

椅子倒滿地，桌子翻了，造酒的仙官、搬酒的力士、運水的道人、燒火的童子全都睡著了。

「起來啦。」大仙一叫，眾仙繼續睡，搖不醒，拉不醒，赤腳大仙拿來一桶水，潑刺！往他們頭上倒，終於把大家潑醒了。

眾仙揉著眼睛，東看看，西看看，突然瞪大眼睛喊聲糟：

「大仙，你怎麼拿瞌睡蟲害我們睡著，還把仙酒和珍果給吃光了？」

「我？」

「是呀，你剛才朝我們灑瞌睡蟲，你慘了啦，蟠桃盛會被你弄得亂七八糟了。」

「我？我才剛到呀。」

「明明就是你！」那些酒官、力士不由分說，強拉著他去找玉帝。

「啟奏玉帝，臣等奉旨造酒，籌辦蟠桃盛會，赤腳大仙卻用瞌睡蟲讓我們睡著了，他趁機偷光蟠桃盛會的玉液瓊漿，桌上的八珍果品也被他吃個精光。」

赤腳大仙急白了臉：「玉帝明鑑呀，不是我呀！」

玉帝氣得鬍子都翹起來了：「這麼多神仙指證歷歷，你還想狡辯，殿前天王，把他綁在捆仙柱。」

捆仙柱在大門口，神來仙往的，大家都看得到。

「怎麼當神仙的嘛。」仙女們說。

「想喝酒也不是這麼個饞法呀！」仙童們說。

「唉，丟盡神仙的臉哦。」年高德劭的仙翁說。

一句一字，說得赤腳大仙抬不起頭來。從沒有過的恥辱呀，他本是

嗚～
我是冤枉的！

神仙界第一好脾氣的大仙，無端端被綁在柱子上就夠丟臉了，再被這麼多神佛指著鼻子罵，赤腳大仙真想鑽進雲裡躲起來。最慘的是，他還無從辯起。

大家都說是他，那就是他了。

他氣得渾身發抖，卻無可奈何，只能低著頭，不斷的嘆著氣，每嘆一口氣，地面就颳起一陣颱風。

嘆呀嘆呀，一群神仙吵吵嚷嚷的進大殿，求玉帝作主。

太上老君煉的九轉金丹，被齊天大聖偷吃光了。

王母娘娘也說，齊天大聖奉命管理蟠桃園，卻把園裡的大桃子吃光了，還用定身法，困住七位仙女。

玉帝派人去找齊天大聖。

齊天府的仙吏回報：「大聖昨日出門就不見了。」

「反了，反了，」玉帝氣呀，「一定是他假扮赤腳大仙，偷偷去蟠桃盛會喝酒。」玉帝手一指，托塔天王和哪吒接令，率領著十萬天兵天將，去抓齊天大聖孫悟空。

李天王領兵出南天門，滿天神佛送行，事情實在太嚴重，從來沒有神仙敢大鬧天宮。也許就是這麼嚴重，也就沒有一位神仙想到：被冤枉的赤腳大仙還被綁在捆仙柱上。

赤腳大仙咬牙切齒：「孫悟空，你給我記住！」

戰報如流水……

花果山被圍得水洩不通了，但是孫悟空一條棒子，擋住托塔天王與哪吒；他拔下毫毛，變出千千萬萬個孫悟空，打敗了十萬天兵天將。

玉帝緊抓著龍椅的扶手：「都輸了？」

「都輸了。」探子說，「不過，有個好消息。」

「朕這時最需要好消息了，快說。」

「觀音菩薩來了，他來參加蟠桃盛會。」

2 二郎神出征

觀音菩薩來，這算什麼好消息？

往年快快樂樂的蟠桃盛會，今年被孫猴子搗亂，滿天神佛去打架，被打得抱頭鼠竄，說起來顏面無光……

觀音笑笑：「陛下寬心，貧僧推舉一位神仙，能擒這頑猴。」

「誰？」

「二郎神君，他有梅山六將相助，帳前還有一千二百位草頭神，神通廣大，如果陛下能調他去……」

玉帝等不及，立刻派大力鬼王去調二郎神。

二郎神到了花果山，跟孫悟空打得昏天暗地。二郎神抖擻神威，變成萬丈身高，赤紅頭髮，青面獠牙；孫悟空也使出神通，喊聲變，身材也是萬丈高，兩人這場大戰，連天庭都能感受到震撼。

另一邊，梅山六將放出草頭神。草頭神刀槍不入，能飛天，能鑽地，打得花果山上的猴妖四散奔逃。

玉帝問：「那後來呢？」

探子如流星：「孫悟空見到妖猴四散，收了神通，變成麻雀，二郎神大步趕上去。」

「結果？」玉帝問。

探子說：「二郎神的第三隻眼睛能看穿天地，能辨認妖精……」

「那些朕都知道，結果是什麼，你快點說。」

「他認出麻雀是孫悟空，自己變成老鷹撲過去；孫悟空跳進水裡變成一條小魚兒，二郎神化成魚鷹，朝著小魚兒啄過去，差點兒啄到孫悟空。孫悟空又變作水蛇鑽進草中，二郎神再顯神通，成了丹頂鶴，伸出長嘴咬水蛇，孫悟空眼看性命不保，連忙跳出山崖，滾下山坡，最後變成一座土地廟，嘴巴是廟門，舌頭變菩薩，眼睛變窗戶，還把尾巴變成了旗杆。」探子一口氣說到這裡，殿上神佛聽得好入神，這場鬥法實在太精采。

「然後呢？」赤腳大仙在門口的柱子上問。

「二郎神追到小廟邊，他說：『大廟小廟我見多了，從沒見過旗竿豎在後面的，這隻猴子想騙我進去。哼，看我拳打窗戶，腳踢門板。』那間小廟聽了，飛到空中，不見了。」

哼，逃不過我的
第三隻眼！
郎廟

「又讓他跑了？」玉帝問。

「托塔天王照妖鏡一照，看見孫猴子冒充二郎神，飛去二郎廟接受香火。」

「可惡呀！」赤腳大仙大吼，「為什麼要假冒別人！」

「綁在柱子上的別插嘴！」玉帝回吼了一聲，「然後呢？」

探子說：「二郎神追過去，他們又打在一起，打出廟門，打回花果山，被天兵天將團團圍住了。」

玉帝心急：「所以他們還在打？」

「是！」探子說。

「咱們去天門外觀戰吧。」玉帝帶大家來到南天門外，眾神看到十萬天兵天將把花果山圍成一大圈，中間是二郎神和孫悟空在大戰。

觀音菩薩躍躍欲試：「我助二郎神一臂之力。」

大家問：「菩薩用什麼兵器？」

「我用淨水瓶打他。」

太上老君說：「唉，你那瓷瓶子掉到地上就碎了吧？還是我來！」

他取出一個閃亮亮的金剛琢，「別小看它，它能變化萬千，水火不侵。」

他把金剛琢一丟，金剛琢落下去敲中孫悟空，孫悟空跌一跤，二郎神的細犬追上去咬住他，梅山六將按著他，把他帶回天庭。

「大鬧天宮？你敢大鬧天宮，朕今天把你斬了！」玉帝氣呀，大力鬼王們急忙出列，把孫悟空綁在降妖柱上。

聽說要斬孫悟空，大家都來看熱鬧。敢惹十萬天兵天將，現在……行刑官大刀一砍……刀斷了。

用斧頭剁他……孫悟空的頭沒事，斧頭鈍了。

更多的武器輪番上陣，但是……

長鎗刺不穿，短劍削不下，降天火燒不著，用雷劈他三天三夜，哦，竟然連孫悟空的一根毫毛也劈不到。

玉帝煩：「好不容易抓到了，卻傷不了他。」

仙佛成千上萬，聽了玉帝的話，大家你看看我，我看看你，沒有神仙能想出辦法來。

太上老君走上前：「陛下，猴王吃蟠桃、喝御酒，盜仙丹，練成金剛不壞之身，讓我把他關進八卦爐，燒他、煉他，把他化成灰吧。」

「好好好，你快去辦。」

太上老君領旨，帶著孫悟空去煉丹。

玉帝累了，回去休息了。

眾神們看了大半天，紛紛告退了。

靈霄寶殿裡，安安靜靜的，除了一聲長長的嘆息。

啊，是赤腳大仙。

「你怎麼被綁在這裡？」觀音菩薩的耳朵靈。

「我……我被誤會了呀。」赤腳大仙霹靂啪啦說了半天，總而言之，都是孫悟空惹的禍，害他在這裡丟人現眼。

「那……快下來呀。」

觀音菩薩向玉帝稟告時，赤腳大仙已經被綁了六天六夜。

3 如來佛的手掌心

天上一日，地上一年，赤腳大仙被白白綁了六年。

再好的脾氣，也都要冒火的。

大仙氣孫悟空，天天等在兜率宮外，他要親眼看到孫悟空變成灰。

兜率宮裡，煉丹爐燒得霹靂啪啦響。火愈旺，赤腳大仙心裡愈舒坦。

「哼，把猴子煉成猴子灰。」赤腳大仙想。

想呀想呀，望呀望呀，赤腳大仙足足等了七七四十九天，太上老君這才命令金童銀童開爐。

滋——

爐蓋打開，呼叱一聲，裡頭跳出一隻火眼金睛的猴子。他踢翻八卦爐，嚇跑了金童銀童。赤腳大仙想攔，也被他打成倒栽蔥。

這猴子在爐子裡悶了七七四十九天，悶壞了，他從耳裡掏出鐵棒，一路乒乒乓乓打到大殿外，滿天神佛擋不住，孫悟空愈打愈有精神，他嚷著：「玉帝讓出寶座，今天換老孫坐坐！」

「誰誰誰，來人啊，快擋著他呀。」玉帝在殿裡著急。

「我們，我們，我們快擋不住了呀——」天兵天將喊著，一不小心，全被孫悟空掃下凡間。

怎麼辦？怎麼辦？玉帝急中生智，想起西天的如來佛。

如來佛有大神通，說來就來，他到了靈霄寶殿外，請天兵天將讓出

一條路，孫悟空厲聲說：「哪裡來的小毛神，不讓老孫打個痛快？」

「我是釋迦牟尼尊者，你為何大鬧天宮？」

「人家說：『皇帝輪流做，今年到我家。』只要玉帝把天宮讓給老孫住，那就罷了。如果他不讓，老孫天天跟他攪亂。」

佛祖笑：「你有什麼能耐，敢來霸占天宮？」

「我有七十二變，長生不老，觔斗雲一翻十萬八千里，厲害吧？」

「我與你打個賭，你如果能翻出我的右手掌，不必動刀兵，我請玉帝把天宮讓給你；如果翻不出我的手掌心，你還是下凡當妖怪！」

赤腳大仙嘆口氣，如來佛輸定了，他的手掌那麼小，孫悟空一觔斗十萬八千里，隨便都能跳出去呀。這一急，忍不住說：「如來佛，不好吧。」

如來佛微微一笑：「沒問題的，孫猴子，上來。」

佛祖伸出右手，那右手立刻變成荷葉那麼大，孫悟空跳上去，大叫：「老孫去了！」

眾神都看到，孫悟空像個風車，不斷的在佛祖手掌上轉呀轉，但是怎麼轉，卻只在佛祖的右掌心上，等他停下來，還自言自語的說：「這裡就是天的盡頭了，哈哈哈，有如來佛做證，天宮是我的了。」

他拔下身上的毫毛變成筆，在如來佛的中指上寫了一行字：「齊天大聖，到此一遊。」寫完，還在大姆指邊撒了尿，這才乘著觔斗雲，翻呀翻呀。

如來的法力真的高超，大家都能見到孫悟空在如來佛的掌心裡翻觔斗，他自己卻以為在宇宙裡轉呢。

翻了老半天，終於翻累了，孫悟空停下來，站在如來佛的掌上說：

「我去到天盡頭了，天宮該我住了。」

赤腳大仙狂笑：「哈哈，你這尿精猴子，根本不曾離開佛祖的手掌心啊！」

「哼，天盡頭有五根紅柱子，我還留了記號呢，你們不相信？敢不敢跟我去看看呢？」

「不必去，你自己低頭看看吧。」如來佛的右手中指上有行小字，仔細看，上頭寫著「齊天大聖，到此一遊」。

對了，佛祖的大姆指邊還有猴子的尿臊味呢。

「我不信，我再去看看。」孫悟空想逃，佛祖手掌一翻，手指化成高山，將這猴子壓住，抽出符，寫了咒，貼在山頂上。

齊天大聖到此一
老孫到此一遊！

佛祖召喚：「赤腳大仙何在？」

赤腳大仙上前問：「敢問佛祖，有什麼吩咐？」

「我知道你跟孫悟空有仇，現在給你個報仇的機會，孫悟空被監押在五行山下時，你負責看守。他害你被綁六年，你看他五百年，這五百年間，他若是餓了，你給他吃鐵丸子，渴了，讓他喝溶化的銅汁，五百年後，自然會有人來放他。」

赤腳大仙開心了，「等他刑期滿了，我還要找他算帳呢。」赤腳大仙在心裡暗自說著。

天上一日，人間一年。

人間五百年，在天宮看來，也只是一年多。

這一年多呀，天宮無事，被孫悟空搗亂過的地方，整理好了：蟠桃樹長得綠意盎然，仙酒重釀百甕，太上老君的煉丹爐，日日冒著白煙，提煉出各式各樣的仙丹。

看起來，好像一切都過去了，但是有些神仙，他們忘不了。

天庭裡，律法森嚴，如來佛的弟子不專心聽經，被判投十次胎。統領十萬河兵的元帥喝醉酒，跟嫦娥說冷笑話，被罰投胎變成一隻小豬。

捲簾大將失手打破琉璃燈，貶下人間成河童。

孫悟空大鬧天宮，那些造酒的仙官、搬酒的力士、運水的道人、摘蟠桃的仙女全都被處罰，貶官的貶官，投胎的投胎。

當然，也包括赤腳大仙。

大仙這一年來，過得慘兮兮。

天庭裡的神仙都記得：有個不穿鞋子的笨神仙，被孫猴子騙去通明殿，抱著石獅睡了一夜。

他們還記得，那個笨神仙，後來被綁在捆仙柱上六天六夜，要不是觀音菩薩救了他，「說不定，他現在還綁在柱子上呢。」

「綁在柱子上的神仙，應該叫做……」

「柱子神？還是柱子仙？」

「不不不，我覺得乾脆叫做大柱神。」

聽著聽著，赤腳大仙嘆了口氣，他還得下去五行山，看看孫悟空變成什麼樣？

五行山，山勢優美，五座連綿不絕的高山……砰的一聲，一陣地裂山崩，孫猴子跳出來，舞著金箍棒，跟著一個和尚往西方去了。

赤腳大仙緊張了，這猴子怎麼能自己跑出來？

他正想去追，後頭有人拉拉他：「大仙，沒咱們的事了。」

拉著他的是兩個童子，一個金臉，一個銀臉。

「你們是……」

「你看守孫猴子五百年，餵他吃鐵丸、喝銅汁，那些鐵丸銅汁就是我們兩兄弟煉的。」

「你們？」

「是呀，五百年前孫猴子大鬧天宮，踢翻太上老君的煉丹爐，玉帝一追究，我們看爐子的也有責任，被罰煉這五百年的鐵丸和銅汁。」

大仙氣得跺了跺腳：「說來說去，都怪孫猴子闖的禍！」

他跺那幾下太用力了，五行山沒倒的山頭，又倒了兩座。

「一切都怪孫猴子。」金童、銀童說。

「那你們……」

「哼，我們要在路上等他，他不來便罷了，來了，絕不讓他好過！」銀童說。

赤腳大仙又跺了跺腳，唉呀，又被他震倒了一座山。

「要不是我得趕著回天庭覆旨，不然我也很想去找孫猴子算帳呢。放心，我人在天庭，心在江湖，我會從天上，好好觀照你們。」赤腳大仙忿忿的說著，大步踏往天上去。

4 銀角大王

孫悟空保護唐僧去取經，有妖降妖，遇怪打怪，高家莊收了豬八戒，流沙河添了沙悟淨，取經隊伍愈弄愈整齊。

赤腳大仙坐在南天門，一邊摳腳丫子，一邊使出天眼通：「哈哈，取經四人組走進平頂山了。」

平頂山是金童、銀童住的地方，赤腳大仙忍不住握著拳：「加油呀，金童、銀童。」

他的聲音傳不到地面，但是地面上的聲音呢？赤腳大仙用天耳功聽得清清楚楚。

山路難走，孫悟空和豬八戒商量：「我們一人照顧師父，一人巡山探路。」

「照顧師父怎麼做？巡山探路又如何呢？」

「選項一，顧師父：師父上廁所，你伺候；師父吃齋，你化齋；餓著師父，你該打。」

「巡山呢？」

「巡山？打聽打聽這是什麼山，什麼洞，住著什麼妖，什麼魔，打聽清楚，我們好過山。」

「簡單，我去巡山吧。」豬八戒扛起釘鈀，高高興興的進山。

赤腳大仙看得好仔細，孫悟空變成小蟲，附在豬八戒的耳朵下。

走呀走，豬八戒走得滿身汗，他把釘鈀一丟：「老豬找個地方睡覺，到夢裡巡山吧！」

他一躺下去，還沒打呼嚕，突然慘叫一聲跳起來：「什麼妖怪咬我？」

赤腳大仙笑得好開心：「那是孫悟空變的蟲子叮你。」

豬八戒聽不到赤腳大仙的話，不過他也看到那隻蟲子，他怨著蟲子：「猴子欺負我，你也要欺負我，我不睡這裡，行了吧？」

走呀走，他扛著釘鈀找到一顆大石頭，赤腳大仙以為他想睡覺，沒有，豬八戒對著那顆石頭鞠躬，說：「回去後，如果師父問我，山裡有沒有妖怪，我就說有妖怪。這是什麼山呢？我說是石頭山。山裡什麼洞什麼門？我就說是石頭洞石頭門。師父若是問我裡頭大嗎？我說裡頭有三層，妖怪有幾個？我說……嘿，我說老豬心急記不真。」

「啊？他編這個要騙唐僧？他不知道孫悟空在他耳朵後頭？」赤腳大仙笑得從階梯上滾下來……

等他爬起來坐好，豬八戒已經走回去了。大仙還看到，一隻小蟲飛到唐僧面前，變回孫悟空。

唐僧問：「八戒呢？」

孫悟空笑著說：「他在山裡編謊話。」

「你又要冤枉他了？」

「師父，是真的，不信，等他回來我問他。」

唐僧等了半天，豬八戒回來了，他說：「徒弟，辛苦了。」

豬八戒說：「爬山走路，當然辛苦。」

唐僧問他：「你有遇到妖怪嗎？」

「有妖怪，有一堆妖怪哪，他們都叫我豬祖宗、豬外公，準備了素湯圓、素米粉請我吃，還說要抬轎子送師父過山呢。」

孫悟空搶著說：「你是在草堆裡睡覺，說夢話吧？」

「這……這……你怎麼知……」豬八戒急忙掩住嘴巴，差點兒說溜嘴了。

孫悟空揪住他的耳朵：「我問你，這兒是什麼山？」

「石頭山。」

「什麼洞？」

「石頭洞。」

「什麼門？」

「石頭門。」

「裡頭有多大呀？」

「裡頭有三層。」

孫悟空大笑：「剩下的我替你說了吧。」

豬八戒說：「你又沒去過？」

「我知道，如果師父問洞裡有幾個妖怪？就說老豬心急記不真，對不對呀？哼，你把石頭當成我們，編了謊話騙師父？」

「師兄，難道你跟我去巡山？」

孫悟空罵他：「叫你去巡山，你跑去睡覺，要不是我變成小蟲子叮你，你還在睡呢。說謊又偷懶，該打！」

豬八戒急：「師兄，被你的金箍棒打一下，哪活得成呀？」

唐三藏替他求情：「讓他再巡山去，若再說謊，我也不饒他。」

豬八戒揉揉耳朵，他怕孫悟空又躲起來跟著他，一路上，看見石頭鞠躬，撞到柳樹行禮：「師兄，我沒偷懶哦！」

平頂山的路很長、很彎、很陡，豬八戒走了很久，抬頭一看，什麼東西飄下來？

他伸手一抓，是張粗糙的黃紙，紙上畫了四個人。

白臉的和尚像師父，瘦瘦小小的猴子像大師兄，最後頭的河童如果是沙悟淨，中間長嘴大耳朵的……

「是我？」

豬八戒開心的跳起來：「老豬變成大明星，被人畫在紙上了！」

他看看四周，唉呀呀，漫天都是這樣的黃紙片，四處還傳來一陣陣吶喊：

「抓唐僧，吃唐僧，吃了唐僧得永生！」

「抓唐僧，吃唐僧，吃了唐僧得永生！」

這是哪一派妖怪呀，敲鑼打鼓，發廣告傳單？

豬八戒急忙撿拾黃單子，一張兩張三張十張五十張，黃單漫山遍野，再來十個豬八戒也撿不完。

「不撿了，回去找師兄，他喊聲變，就能變出千千萬萬個孫悟空，請他們幫忙撿單子。」

豬八戒扛著釘鈀往回跑，另一頭，銀童帶了一批小妖也在巡山，不過，他下凡成妖，大妖小妖都叫他銀角大王。

幾個小妖瞧見豬八戒。

「前面的是誰？」

今日
我最帥！
通緝令
賞金
$20,000,000

「我……」豬八戒嚇一跳，「我走路的。」

小妖們看看黃單：「長嘴大耳朵，你是豬八戒。」

豬八戒急忙把嘴巴藏進衣服裡：「不不不，我的嘴不長。」

「長嘴巴，豬耳朵，你就是豬八戒！」小妖們齊聲大叫，想把他抓回家，豬八戒舞著釘鈀，吆吆喝喝，但是妖怪眾多，打了這個還有那個，推了那個又來一個，豬八戒愈打愈慌，一不小心，跌個狗吃屎，小妖們齊齊趕上，抓鬃毛，揪耳朵，拉著尾巴，扛扛抬抬。

豬八戒就這麼被抬進蓮花洞裡了。

5 裝天的寶貝

銀角大王喜滋滋的喊：「大哥，抓到啦！」洞裡的是金童，他現在也改了名，叫做金角大王。

金角大王看看黃單，看看豬八戒：「抓錯了，不是唐僧。」

銀角說：「錯了也沒關係，用水浸浸，鹽巴醃醃，晒乾了，陰天可以當豬肉乾下酒呢。」

「還是兄弟聰明，連陰天的零嘴都想著了。」金角大王點點頭，「兄弟，辛苦一下，去把唐僧抓來吧。」

「大哥，你先準備蒸籠，我去抓唐僧來蒸。」

天庭上，赤腳大仙聽得頻頻點頭：「有好戲看了。」地面上，銀角大王帶著小妖走在山道上，他突然停下腳步，指著前方說：「哈，說唐僧，唐僧到。」

小妖們問：「唐僧？在哪裡呀？」

「好人頭上祥雲繞，壞人額頭黑氣多，唐僧是金蟬長老下凡，他頭上的祥雲又濃又直。」

小妖的功力不夠，只看到滿天烏雲：「沒有哇！」

銀角大王用手一指：「在那兒呀！」

「哪兒呀？」

「就那兒嘛！」

銀角大王一連指三次，唐三藏連打三個噴嚏，他跟孫悟空說：「我怎麼突然全身發冷？」

「師父，您一定是擔心妖怪，讓老孫走前頭，耍耍棍子，替您壓驚。」

說耍就耍，孫悟空的金箍棒舞成一團金光閃耀。

銀角大王站在山頭瞧了瞧，忍不住嘆口氣：「好厲害的猴子，誰打得過他呀？」

小妖們說：「大王，別長他人志氣，滅了自己威風，我們滿洞妖精，全跟他拚命。」

「五百年前，十萬天兵天將也抓不住他，何況你們。沒人打得過孫悟空，想抓唐僧，要用計謀。」

「計謀？」

銀角大王的手在臉上一抹，變成了一個寬袍大袖的老道士：「我就是計謀。」

老道士要小妖躲起來，這才坐在路邊喊：「救人呀，救人呀。」

「嘿，這個有創意，」赤腳大仙點點頭：「從來都是孫猴子騙人，難得有妖怪敢騙他，看他怎麼辦？」

地面上，唐三藏看到老道士，下馬想扶他，老道士卻喊腿疼：「昨天遇到老虎，他咬走我徒弟，我跑到這兒跌斷腿，喊了一天一夜，難得被您碰到了，請救救我。」

唐三藏有善心：「騎我的馬吧？」

「腿傷不能騎。」

「我請悟淨背你。」

銀角大王看看沙悟淨：「他臉色凶狠，我害怕。」

唐三藏對孫悟空說：「只好你來背了。」

「好好好，我來背，」孫悟空冷笑說，「老孫有火眼金睛，一看就知道你是吃人的妖精。」

唐三藏罵他：「悟空，『救人一命，勝造七級浮屠。』背就背了，怎麼說人家是妖精呢？」

眼看師父生氣了，孫悟空不敢再多說，背著銀角大王就走。

銀角大王一看有機可趁，念了聲訣，施展移山倒海法，挪來一座須彌山。

孫悟空把頭一彎，須彌山壓在他左肩上。

「一座山壓不住你？」銀角大王又作法調來峨嵋山，孫悟空把頭彎

了彎，峨嵋山壓在他的右肩。

一次扛兩座山，孫悟空照樣能說能笑，健步如飛，銀角大王急呀，他念動咒語，想請泰山來，但是泰山重，飛了一半飛不動，南天門上的赤腳大仙決定助他一「腳」之力，從南天門踢了一腳，咚的一聲，泰山壓頂。

這三座大山一壓下來，孫悟空終於手腳發軟，咕咚一聲，被壓在山底下啦。

「哈哈哈，得手啦。」銀角大王袖袍一捲，連唐僧帶著白馬、沙悟淨，全帶回蓮花洞。

「哥哥！蒸籠備好了沒有呀？我把唐僧抓來，也把孫悟空壓在三座山底下，可以準備刀叉吃唐僧啦！」

金角大王擔心：「猴子被壓在三座山底下了？」

銀角大王打包票：「當然，壓得扁扁的了。」

「沒親眼見到扁扁的孫悟空，我還是不放心。」金角大王說。

銀角大王說：「大哥別擔心，我派精細鬼、伶俐蟲拿紫金葫蘆去裝孫猴子。」

「好好好，咱們的紫金葫蘆神通廣大的，」他轉頭吩咐精細鬼、伶俐蟲，「你們寶貝拿好，見了孫猴子，把葫蘆的底朝天，口朝他，叫一聲：『孫行者。』他回答了，就會被裝在裡頭，貼上『太上老君急急如律令』的符咒，一時三刻後，他就化成水了！」

兩個小妖叩了頭，拿著寶貝，興匆匆上山去抓孫悟空。

只是，平時走慣了的山路，現在突然多了三座山，他們在山裡繞來

繞去，繞得滿頭大汗，正想歇歇腿，路邊遇到一個老道士。

「道士，山裡妖怪多。」精細鬼嚇他，「小心，妖怪吃了你。」

老道士很和藹：「我不是道士，我是蓬萊仙島的神仙。」

「唉呀，我們真是有眼不識泰山。」

神仙笑一笑：「你們現在就站在泰山底下嘛。」

精細鬼說：「這座泰山是我家二大王調來壓孫悟空的。」

伶俐蟲說：「我們還帶葫蘆要來裝孫悟空呢。」

南天門上的赤腳大仙搖搖頭，他看得很清楚，山神哪敢困住孫悟空，早早放了他出來。孫悟空愛記恨，妖怪變道士騙他，現在他就變成道士回頭騙妖怪。

「一報還一報。」赤腳大仙想，「這兩個小妖要倒大楣了。」

果然，天耳靈功傳來假神仙的話：「那猴子很無禮，我陪你們去抓他。」

伶俐蟲說：「不必啦，我們有寶貝葫蘆，只要叫他一聲，他回答了，立刻把他裝進去，一時三刻就化成水啦。」

伶俐蟲名字叫伶俐，實際上不伶也不俐，光顧著把葫蘆給孫悟空看，沒注意孫悟空拔下毫毛，偷偷變出一個大大的紫金葫蘆：「你們那個小葫蘆能做什麼用呢？我這葫蘆才厲害。」

精細鬼說：「神仙呀，你的葫蘆中看不中用。」

「為什麼？」

伶俐蟲說：「我們的葫蘆，裡頭能裝一千個人呢。」

「裝人有什麼好稀罕，我的葫蘆有裝天大法。」

「裝天？」伶俐蟲好驚訝。

「你裝給我們看，不然就是個吹牛神仙。」精細鬼說。

神仙撫著鬍子笑：「你說我是吹牛神仙？呵呵呵。」

這神仙笑時，露出一副尖嘴猴腮，可惜兩個小妖只想看裝天大法，沒注意。

赤腳大仙看得分明，孫悟空低頭念咒，召喚日遊神。

日遊神聽了咒語，急著進南天門，還要赤腳大仙把腳挪一挪。

「趕著上哪去？」赤腳大仙故意問。

日遊神說：「孫悟空要騙妖怪，說是要來借半個時辰的天。」

「天哪能借呀？」赤腳大仙說。

「我也不知道，只能請玉帝想辦法。」

日遊神進了靈霄寶殿，沒多久，哪吒三太子扛著一面旗，站在南天門上，低頭望著地面。

地面上，孫悟空說：「我要裝天啦。」

他把葫蘆往天上一丟，毫毛葫蘆輕飄飄，風一吹，就在山頂飄了半個時辰。

哪吒一見葫蘆飛上來，連忙展開旗子，遮住日月星辰，四周黑漆漆，什麼也看不到。

精細鬼大叫：「明明是中午，怎麼就天黑了？」

伶俐蟲說：「神仙爺爺，你在哪裡說話呀？」

「我在你們面前呀。」

「我們只聽到你的聲音，卻不見你的人影，這是哪兒呀？」

「別亂動，這裡是東海邊，掉下去，七、八天都沉不到底呢。」

精細鬼求著他：「爺爺，快把天放了吧，免得我們落海呀。」

孫悟空念念咒語，哪吒旗子一收，陽光普照，還是正午。

伶俐蟲問：「神仙爺爺，我們的葫蘆能不能換你的葫蘆呀？」

精細鬼說：「別傻了，爺爺的寶貝那麼好，他哪肯跟我們換？」

孫悟空哈哈大笑：「那也說不定，我是神仙，要什麼有什麼，偶爾做個好心神仙，答應一下你們這麼不合理的願望……」

「爺爺，你肯呀？」

「你們這麼乖，叫了我幾百聲爺爺，我能不換嗎？」

「神仙爺爺，你裝天的葫蘆換了小葫蘆，你可不能後悔呀。」

孫悟空假裝懊惱說：「對喔，我好像吃虧了，讓我再想一想吧……」

兩個小妖一聽，搶了葫蘆就跑：「誰有空理你呀，再見了，你這個笨頭笨腦的笨神仙。」

他們前腳走，孫悟空就翻到南天門，謝謝哪吒用旗子遮住天地，經過赤腳大仙時，還要他挪挪腿：「不好意思，趕著取經呢。」

6 幌金繩

兩個小妖找個空曠的草地，合力把大葫蘆往天上一拋。

天上，白雲悠悠，葫蘆像風箏一樣，在空中飄飄蕩蕩，飄過了山頭，升上了藍天。

精細鬼追著葫蘆跑一陣，葫蘆不見了。

伶俐蟲大叫：「怎麼辦？不見了，不見了……」

當然不見了，赤腳大仙在天上嘆口氣：「孫悟空收回去了嘛。」

「弄丟葫蘆，」伶俐蟲說：「咱們快逃吧，離平頂山愈遠愈好！」

精細鬼嘆口氣：「唉，兩位大王法力無邊，能跑去哪？」

「唉，回去也是死路一條，大王會把我們做成妖怪肉餅。」

精細鬼拍拍伶俐蟲的肩：「二大王平時對你最好了，你老實告訴他，說不定沒事，若是逃走被他追上……」

「就成了妖怪肉餅？」伶俐蟲吐吐藍色的舌頭，「好妖怪，自己做事自己擔，走。」

他們垂頭喪氣的走，真是妖怪倒楣連蒼蠅都要來欺負，一隻討厭的綠頭蒼蠅，就這麼不緊不慢的跟著他們，走得快，蒼蠅跟得近；走得慢，蒼蠅停在他們頭上。趕不掉，揮不去，別的蒼蠅嗡嗡叫，這隻蒼蠅聲音卻像在哈哈笑。

「我打死你！」精細鬼對準蒼蠅，一巴掌巴過去。

蒼蠅飛快閃躲，那巴掌就穩穩的「巴」在伶俐蟲臉上，留下五隻火

紅的指印。

蒼蠅悠哉悠哉，彷彿發出一陣哈哈笑的叫聲。

南天門外，赤腳大仙氣得破口大罵，他不是罵小妖笨，是罵孫悟空：「這猴子真是……真是太狡猾，還變成蒼蠅，跟著小妖回洞。」

蓮花洞裡，兩個大王在喝酒，他們開心呀，抓了唐僧，困了孫悟空，根本沒想到，孫悟空變成蒼蠅進了洞。

兩個小妖跪在地上，你看看我，我看看你，誰也不敢先說話。

銀角大王問：「孫悟空呢？」

「嗯……」

金角大王咦了一聲：「伶俐蟲，你平時口齒伶俐，今天怎麼變啞巴了？」

「那個……」

兩位大王氣得把杯子砸向小妖：「孫悟空呢？」

精細鬼嚇得趴在地上，拚命叩著頭，把神仙騙走葫蘆的事說了一遍，金角大王聽得渾身發抖，他不是生氣，他是害怕：「算了算了，一定是孫猴子做的好事。孫猴子神通廣大，不但掙脫三座山，還變成神仙騙走葫蘆。師弟呀，咱們放了唐僧，別惹他了。」

銀角大王不同意：「師兄，我們還有『幌金繩』，不怕他。」

金角大王說：「幌金繩在母親那兒呢。」

銀角大王指著伶俐蟲：「你們去壓龍洞請老奶奶來吃唐僧肉，順便帶幌金繩來抓孫悟空。」

兩個小妖得了命令，互相看一看，伶俐蟲拍拍胸口：「好險好險，

弄丟寶貝沒被打，還能去請老奶奶，老奶奶出手最大方，每一次去，都有好東西吃。」

他們出了洞，綠頭蒼蠅也跟來了。

赤腳大仙在南天門上急得直跺腳，震得滿天烏雲晃。

伶俐蟲以為妖怪氣象局預報失準：「不是預報晴天嗎？」

精細鬼摘幾片山芋葉：「帶著吧，這裡離壓龍洞還遠著呢。」

「不，妖怪就是妖怪，任那風吹雨淋。」

「淋了雨生了病，那時會更怪，拿著。」精細鬼正要把山芋葉遞給他，後頭伸來一隻手：「給我吧，我怕下雨。」

那隻手的主人，藍頭髮青腦袋。伶俐蟲問：「你哪兒來的呀？」

那人說：「兄弟，你怎麼連我都不認得呀？」

「不認得，平頂山九萬九千九百九十九個妖，就沒見過你。」

「怎麼沒有呢？看仔細，我也是蓮花洞的。」

「蓮花洞？沒你這個妖呀。」

「唉呀，我是巡邏組的巴山虎，難怪你們不認識。」

「你上哪兒去呢？」

巴山虎舉著山芋葉：「大王怕你們走太慢，誤了正事，要我來盯著你們。」

「天色昏暗，看起來快下雨了。」伶俐蟲才說完，天上果然雷聲大作，他們一口氣跑了八、九里路。

他們跑得急，也沒想清楚，今天怎麼老是打雷又下雨，其實，如果他們抬頭看看，就會看到雲裡有隻大腳在踩呢。

傘還給我吧！
怎麼長得
一臉猴樣？

那當然是赤腳大仙在跺腳：「這兩個傻瓜，剛才被騙了一次，這會兒又要上第二次當，那個巴山虎，明明就是……孫、悟、空呀！」

兩個小妖進了林子，高興的把山芋葉放下：「老奶奶家到了。」

後頭的巴山虎把臉抹一抹，現出一張猴子相：「到了？」

「到了，前頭的山洞就……咦，你怎麼看起來和剛才不太一樣？」

巴山虎笑笑：「當然不一樣，我是孫悟空嘛！」他拔出金箍棒，敲了敲他們的腦袋，咕咚、咕咚兩聲，精細鬼和伶俐蟲立刻變成兩張妖怪燒餅。

孫悟空拔下毫毛，叫聲「變——」，毫毛變成伶俐蟲，他自己扮成精細鬼，大搖大擺進了壓龍洞。

洞裡兩排小女妖，個個指著他：「見了奶奶還不跪？」

孫悟空沒跟人下跪過，為了騙寶貝，只好跪在地上，把兩位大王要邀請她一起吃唐僧肉，要帶幌金繩的事說了一遍。

老奶奶有一張血盆大口，四根獠牙往外冒，她拿著香巾手帕擦擦嘴，用比饅頭粗的口紅畫完大嘴，這才指著孫悟空：「精細鬼，走吧，去找你們大王。」

孫悟空不放心：「老奶奶，妳的幌金繩……」

「唉呀，我是妖怪當久，犯了糊塗精的病，等等，我去拿。」

幌金繩在她手裡纏繞：「你抬轎子，咱們走吧。」

孫悟空說：「奶奶呀，繩子我替妳收著吧。」

老奶奶剛把繩子交給他，孫悟空的金箍棒一敲，咕咚一聲，老奶奶也成了妖怪奶奶燒餅啦。

7 好一窩孫悟空

老奶奶到了，蓮花洞洞門大開，兩排小妖全跪在地上迎接。

金角、銀角看見母親，搶著跪在地上磕頭：「母親呀，好久不見，近來可好。」

往常這時候，母親都會扶著他們起來，要他們別多禮。

今天不一樣，他們頭上的角磕得都快斷了，母親卻還說：「多磕幾個，多磕幾個。」

叩叩叩，叩叩叩，叩叩叩叩叩，老母親樂得哈哈笑：「兒子們，今天要請我吃唐僧肉，是嗎？」

「娘，唐僧肉吃了長生不老。」

「唉呀，唐僧肉我不愛吃，倒是豬八戒的耳朵好，給我割下來當下酒菜。」

一旁的菜刀妖喊聲好，跳上來要割豬八戒的耳朵。

豬八戒看得很清楚，轎子上哪是什麼老奶奶，明明就是孫悟空，他兩個紅屁股變不掉：「師兄，你別玩我啦。」

菜刀妖停在半空中，兩個大王抬起頭，盯著老母親。

老母親笑呀笑，搔頭搔耳的，不是猴子會是誰？

巡山小妖精恰好來報告：「大王，孫悟空把奶奶打成肉餅，」他抬頭一看：「那奶奶是孫悟空變的。」

銀角大王二話不說，七星寶劍朝孫悟空砍去，孫悟空也不招架，就往地上一滾，化成金光，溜出洞了。銀角大王想追，金角大王拉著他：

「二弟，放了唐僧吧，咱們惹不起孫悟空呀。」

「大哥，咱還沒跟他打，怎麼怕了他？敗了，再放唐僧也不遲。」

於是，銀角大王追著孫悟空出了洞，七星寶劍遇上金箍棒，劍來棒去，翻翻滾滾，打了三、四十回合分不出上下。

「孫悟空也沒什麼了不起嘛。」銀角大王正想呢，半空中卻跳來一根繩子，啊，那是幌金繩，這繩子迎風變長，套到人就自動收縮，如果不會念「鬆繩兒咒」，大羅金仙也逃不掉。

幌金繩套住銀角大王，孫悟空哈哈大笑。

銀角大王更高興，這是母親的寶貝，他念念鬆繩兒咒，回頭指揮那條繩子去套孫悟空。

這繩子很聽話，一捲就把孫悟空捲成了木乃伊。

孫悟空沒學過鬆繩兒咒，解不開幌金繩，銀角大王從他身上搜出紫金葫蘆，把他帶回洞裡，綁在柱子上。

他對金角大王說：「師兄，安心了吧？」

「安心，安心，吃酒去吧。」

他們的酒才喝一壺，肉才吃一塊，守門小妖跑進來：「大王，外頭有個悟空孫，指名要找你。」

金角大王嚇得渾身發抖：「剛抓了孫悟空，哪來的悟空孫？」

銀角大王安慰他：「大哥，別怕，我用葫蘆去抓他。」

「小心哪……」

「放心！」銀角大王說。

他到了洞外，嘿，真的有隻身材、長相跟孫悟空一模一樣的猴子。

「快放了我大哥孫悟空，免得我拆了蓮花洞。」

銀角大王很開心：「想報仇？我叫你的名字，你敢不敢回答？」

悟空孫拍拍胸脯：「你叫一千遍，我回答你一萬遍。」

「悟空孫！」銀角大王拿著葫蘆，叫了一聲。

「我在這裡呢。」悟空孫一答，颼的一聲，果然被葫蘆吸進去了。

銀角大王貼上太上老君急急如律令的符：「不管你叫孫悟空還是悟空孫，只要回答我，就會被吸進來，一時三刻後就化成水啦。」

金角大王煩惱呀：「他當年大鬧天宮，在八卦爐裡煉了七七四十九天，煉成金剛不壞之身，葫蘆哪能溶得了他？」

銀角大王笑著說：「大哥，不管是大羅金仙，還是天王老子，進了

到底有幾隻孫悟空？

葫蘆裡，早晚都要變成水的，你放一百萬個心，我們喝酒去吧。」

他們吃吃喝喝，葫蘆裡傳來一聲慘叫：「我的腿都化成水啦。」

金角大王想掀開看，銀角大王按著他：「不急，不急。」

不久，葫蘆裡又傳來：「哎呀呀，我的腰沒啦。」

金角大王好奇心重，把符揭了一角，往裡瞄了一眼：「孫悟空真的只剩半截啦。」

銀角大王警告他：「大哥，快把符貼上。」

「對對對。」金角把符貼得密密實實，沒注意到，符咒揭開時，有隻小蟲爬出葫蘆口，牠在地上一滾，滾成一個闊嘴小妖。

金角大王吃喝得正痛快，隨手把葫蘆交給闊嘴小妖，闊嘴小妖把葫蘆裝進衣袖裡，再變出一個假葫蘆，自己跑出洞啦。

南天門上，赤腳大仙在嘆氣：「你們為什麼不等等再開葫蘆呢？」

他嘆的這口氣，從南天門吹到凡間，颳得蓮花洞的大門砰砰響，金角大王嚇得大叫：「誰……誰在敲門？」

「大哥別怕，是風聲。」銀角大王安慰他。

「抓了唐僧後，我左眼跳，右眼跳，跳得心神不寧，老以為……」

守門小妖說：「大王，外頭有個空悟孫，指名要找你們。」

乒啷一聲，金角大王酒杯掉在地上碎了：「幌金繩拴著孫悟空，葫蘆裡裝著悟空孫，現在又來個空悟孫？師弟，咱們別惹老孫家，放了唐僧吧？」

銀角大王拍拍他的肩：「大哥放心，葫蘆還能再裝九百九十九隻猴子呢！」

8 母葫蘆不響公葫蘆響

洞門外，空悟孫在耍金箍棒。

銀角大王雙手抱著胸：「又來一隻猴子精。我問你，我若叫你，你敢不敢回答？」

空悟孫說：「你叫我，我當然敢應你；不過，我如果叫你，你敢回答嗎？」

「怪了，我叫你是因為我的葫蘆能裝人，你沒事叫我做什麼？」

「葫蘆人人有，有什麼好稀奇，」空悟孫從袖子裡拿出葫蘆說，「妖怪，看仔細了嗎？」

「怪怪隆得怪，女媧補天時，掉下一塊補天石，這石頭經過數百年才長出一棵仙藤，結出這顆葫蘆，你的葫蘆是從哪來的？」

空悟孫笑嘻嘻：「巧了，我的葫蘆也是那棵仙藤結的，其實它一共結了兩個葫蘆，你的是母葫蘆，我的是公葫蘆。」

銀角大王不服氣：「別說誰公誰母，能裝人的才是好葫蘆。」

「有理，你先裝我吧。」

銀角大王跳到半空中，拿起葫蘆，叫著：「空悟孫。」

「在在在在在在在在。」空悟孫連答八聲，葫蘆卻沒有任何動靜。

銀角大王跳下來，搖搖頭：「這葫蘆見到老公，害羞了，裝不動你。」

空悟孫跳上半空中：「該我叫了，銀角大王。」

銀角大王喊聲「有」，颼的一聲，他立刻被裝進葫蘆裡了。

重點是——銀角大王想到全身都化成水也想不明白：為什麼他的葫蘆裝不了空悟孫？

蓮花洞裡，金角大王嚇得全身發抖，忍不住哭了起來：「二弟呀，你就是不聽勸，為了吃唐僧，惹來一窩猴子精，害了你的性命，我哪打得過那一窩猴子呀？」

滿洞群妖，聽到大王的哭聲，一時間，忍不住也都哭了。

梁上的豬八戒說：「別哭啦，先來的孫悟空，後來悟空孫、空悟孫全是我師兄變的。他有七十二變，偷你的寶貝，裝了你的二弟，你二弟是死定了，你快煮素齋給我們吃，放了我們，我幫你師弟念一卷經，讓他早早投胎。」

「你笑我？」金角大王抹掉眼淚，「小妖們，把豬八戒拖來蒸，大家吃個飽，找孫悟空報仇。」

小妖們說：「大王，豬八戒皮粗肉厚不好蒸。」

豬八戒喜出望外：「阿彌陀佛，是誰積陰德，謝謝啦。」

金角大王氣得大罵：「剝了他的皮就好蒸了。」

豬八戒慌了：「老豬好蒸，別剝了我的皮吧。」

這邊為了先剝皮後剝皮爭吵不休，那邊又有小妖說：「大王，空悟孫又找上門來了。」

金角大王嚇死了：「還有誰能出征？」

滿洞妖怪站起來：「我們替二大王報仇！」

金角大王握著拳：「為了二弟，我……我不怕，咱們衝！」

蓮花洞門口大開，數不清的大妖小妖同時跑出洞，刀槍棍棒齊揮舞，這些小妖聲勢浩大，孫悟空的鐵棒左衝右撞，打不出妖怪陣。他拔下一把毫毛，嚼碎了噴出來，變成數十個大大小小的孫悟空，大的使鐵棒，小的用拳頭，再小的抱著妖怪咬，小妖怪們全被打退了，只剩下金角大王……

「你服不服？」

「我不服。」金角大王聲音在顫抖，「你……你還我兄弟來。」

孫悟空點點頭：「那就讓你們兄弟團圓吧，金角大王。」

金角大王答了聲「有」，颼的一聲也被裝進葫蘆裡了……

南天門上，赤腳大仙又嘆了口氣，金童、銀童不中用，打沒幾下全

被收進葫蘆裡，如果讓孫悟空又多得了個葫蘆當武器，往後誰擋得住呀？

他站起來，大腳一跨就到了兜率宮，找到太上老君：「你的金童、銀童被孫悟空抓了，裝酒的葫蘆讓他搶了，你還不去討回來？」

「有這種事？」

赤腳大仙一陣苦笑：「難不成我還騙你呀？」

太上老君急了，連青牛都沒騎就下凡去，先找孫悟空討葫蘆，吹口仙氣變回金童、銀童……

赤腳大仙站起來，想走回去，那頭青牛朝他哞哞叫，大大的眼裡全是渴望。

「你也想下凡？」他呵呵一笑，把綁著牛的繩子一鬆……

9 獨角犀牛王

青牛溜出南天門，難得出門玩，對什麼都有興趣，什麼都想要。例如稻草，凡間的稻草滋味好，怎麼吃都覺得妙，青牛特別挖了一個洞，把方圓五百里內的稻草全都藏進去：「以後有時間，我再來慢慢吃。」

例如糖，對啦，人間的糖種類繁多，什麼方糖、蔗糖、紅糖、健素糖，這青牛，不對，他下凡後，發現犀牛的體型強健造型勇猛，搖身一變，就變成了獨角犀牛王。

犀牛王愛吃糖，為了糖，他帶著牛精，闖進一家一家的糖果店，沒把糖搬光前，他哪兒也不去。

搬回來的糖放哪裡？

獨角犀牛王為它們挖山洞，一個又一個的山洞，裡頭全是糖果。

什麼都想要，什麼都想藏，犀牛山上，永遠都在挖山洞，蓋房子。

獨角犀牛王喜歡呀：「再挖洞，再蓋房，天下寶物那麼多，永遠裝不夠。」

乖巧的土撥鼠妖挖洞，手巧的猿猴精蓋樓房，一肚子反對意見的孔雀精問：「大王，您的寶貝從前山裝到後山，還不滿意呀？」

犀牛王搖搖頭：「天庭太寂寞，我下凡來就是什麼都想要，什麼都要藏。」

「要那些破銅爛鐵？又不是撿破爛……啊——」

滿洞的小妖瞪大了眼睛，孔雀精被犀牛大王吃掉了……

犀牛王舔舔嘴脣，話太多的妖精，總要給點兒教訓的。

他瞪著小妖們：「還有意見嗎？」

「沒……沒有。」

犀牛洞裡，小妖們拚命挖洞、蓋屋子，沒有妖怪敢再多說話。

獨角犀牛王正想睡午覺，巡山大眼妖拉拉他的袖子。

「你有意見？」獨角犀牛王拍拍肚子，孔雀精還沒消化完。

「大王，我們在前頭抓到幾個和尚。」大眼妖說。

「抓到和尚啦？哈哈哈，我這裡正缺和尚呢。」犀牛王高高興興的跑前頭。

前頭是他設下的陷阱，外表看起來亭臺樓閣，裡頭卻處處是機關。

客廳會抓人，臥室會害人，桌上的衣服看起來很美麗，一穿上去，就會把你整個綁起來。

而現在，那些衣服變成繩子，把兩個和尚捆成大粽子。

粽子邊，還站了一個白臉和尚，他手足無措：「我，那個……這個……我……」

犀牛王吼他：「哪裡來的和尚，想偷我的寶貝衣服？」

「我是大唐派到西天取經的唐三藏，」和尚一嚇，不口吃了，「他們是我的徒弟，只是想試穿一下衣服，沒有想偷。」

「停停停……停。」

唐三藏嚇一跳：「停什麼？」

「你說你是唐三藏？」

「正是。」

「人家說吃唐三藏一塊肉，白髮會變黑，牙齒掉了會長回來，太好了，我就缺你這個寶貝。」犀牛王指著被五花大捆的胖和尚問，「所以，你是好吃懶做的豬八戒？旁邊像河童的是沙悟淨？」

豬八戒說：「妖怪，你快放了我們，不然，我大師兄孫悟空會來找你算帳。」

「孫悟空？他如果來了，我連他一起抓，」犀牛王說，「小的們，把這三個抬到後面蒸籠裡待著，等我抓到孫悟空，湊齊了做下午茶點心。」

那些小妖喊聲好，高高興興的抬著他們進廚房。

獨角犀牛王洋洋得意的看看自己的山洞，牆上一排動物的頭，從恐

龍到孔雀，從劍齒虎到長毛象；地毯呢，別人家有張老虎皮就了不起了，但獨角犀牛王不是，他的地板上，有青龍、有白虎、有麒麟……

「這才叫做過生活。」獨角犀牛王忍不住擦擦眼角，想起在天庭的日子……

正想擦第二滴淚水時，小妖報告：「大王呀，外頭一個毛毛臉尖嘴巴的和尚，說是孫悟空，來討他師父呢。」

「我正想抓他湊對呢。」獨角犀牛王好開心，拿出丈二點鋼槍，點齊小妖：「出去時，要精神抖擻，打架時，前進有賞，後退該殺。」

一聲令下，小妖們列好隊，跟著犀牛王走出門外。

門外，孫悟空蹦蹦跳跳著：「大膽妖精，快放了我師父，敢說個『不』字，老孫的鐵棒就讓你變成犀牛皮！」

再一隻孫猴子
就湊齊了。

「不不不，我說三次了，怎麼沒有變成犀牛皮？愛吹牛的猴子，看槍——」

犀牛王的鋼槍刺過去，鏘的一聲，孫悟空棒子架住，這真是一場好戲，就在洞外，殺得天昏地暗，日月無光。

門前的大妖小妖搖旗吶喊擂鼓大叫，犀牛王揮揮手：「小的們，打！」

四周的小妖拿刀弄槍圍上去，孫悟空把金箍棒丟到空中，喝一聲：「變——」

哇，鐵棒變出成千上百根，這些鐵棒柔軟有靈性，簡直像遊龍，它們滿山追著妖精打，打得牛妖丟刀棄槍，豹妖哭爹喊娘。

犀牛王卻看得眉開眼笑：「好棒子，好棒子，這棒子我要定了。」

他取出一個金光閃閃的圈子，朝棒子丟去，叫聲：「中！」

嘩喇一聲，滿天金箍棒被收成一根，金箍棒被圈子給套走了。

10 神兵利器博物館

仙風徐徐，神光閃耀，天庭的生活……挺無聊。

赤腳大仙前天在階梯晒太陽。

昨天晒太陽在階梯前。

今天依然在階梯上被太陽晒著呢。

晒太陽，摳腳丫，伸伸懶腰，他正想聞聞腳丫子香不香，不知道是誰跳過他的頭。

「沒禮貌！」大仙喝道。

「我趕時間。」那人一溜煙跑遠了。大仙沒好氣的問身旁的廣目天

王，「那是誰呀？」

「孫猴子。他遇到法力高強的妖怪鬥不過，回來天庭討救兵。」

赤腳大仙急忙站起來，想跟進去打聽，不過，殿裡殿外好肅穆，因為玉帝下旨，要眾仙回殿裡待著，說是凡間有個本領高強的妖怪作亂，齊天大聖懷疑是天上哪一號神仙，私自下凡當妖精。

赤腳大仙府裡只有一個特大號泡腳桶，大仙剛把腳伸進去，天庭裡的解散鼓就敲了。

咚咚咚，咚咚咚。

大聲仙翁在天庭廣播：「沒事了，沒事了，滿天神佛九萬九千九百九十九，沒有走了神。」

「所以不是我們嘛。」仙女微嗔。

「每回都這樣。」大力神不滿。

赤腳大仙心裡卻在笑：「是那頭青牛。一頭牛都打不過，孫猴子怎麼去取經？」

「緊急廣播，緊急廣播，請托塔天王、哪吒三太子帶天將、點天兵，跟著孫大聖下凡降魔。」大聲仙翁還補一句，「玉帝下令，能抓到那妖的，加贈仙桃一顆。」

南天門外，天兵天將的隊伍排得老長，全都要跟著孫悟空下凡。孫悟空走在前頭，只是，沒看到他的金箍棒。

「在哪兒呢？」赤腳大仙打開天眼通，調整天耳靈，他看到了，獨角犀牛王正在蓋博物館，金箍棒是他館裡第一個名貴收藏，他正在把玩棒子呢。

「長長長長。」那根鐵棒把博物館兩邊的牆打破，長到了一千里。

「短短短短。」咻的一聲，這鐵棒又變回火柴那樣的短，小妖們想拿它起來玩，使足了力氣，脹紅了臉，也沒人拿得動它。

「十萬八千斤重，天下第一名的武器。」獨角犀牛王笑著把它拿起來：「沒有三兩三，哪能拿起如意金箍棒。」

滿洞小妖拍著手，高呼大王英明。

只有守洞的小妖嚷著「不好，不好。」

「哪裡不好了？」犀牛王兩眼瞪大，血盆大口一張……

「孫悟空和一群天兵天將下凡，說要抓您哪！」

「天兵天將？他們用什麼武器呀？」犀牛王興匆匆的跑到洞外。

哇，天上祥雲無數，每朵雲上都站著威勢赫赫的天兵。

孫悟空身邊有個小娃娃，他的身體小，聲音大：「魔頭，我奉玉帝旨意來，你快把唐僧放了。」

「你是托塔天王的三兒子，想放唐僧可以，先打敗我手上的長槍。」

犀牛王的長槍刺向哪吒，那槍去的疾，哪吒念聲咒，當場變成三頭六臂，每隻手臂各使一樣兵器，什麼降妖劍，降妖杵，降妖索……。犀牛王不示弱，搖身一變，也變成三頭六臂，手握三柄長槍，兩人在山頭翻翻滾滾，打了三十回合，分不出勝負。

哪吒有點急，他暗暗使出神通，六件兵器往空中一拋，喊著「化百！化千！化成萬！」。

化化化化……

六件兵器變成十件，十件變百件，百件變千件，千件當場變成了千千萬萬件。

哇，好看哪，天上下起刀劍雨，統統朝著犀牛王來。

犀牛王開心極了，喜滋滋的拿出黃金圈子，叫聲：「中！」

嘩啦一聲，那些兵器收歸成六件，六件聚在一起，又被他搬回犀牛洞裡。

回到犀牛洞，他看看博物館，開心的讚歎：

「唉呀呀呀，本來叫做棍棒博物館，現在得改名了，應該叫做『神兵利器博物館』，小妖們，你們不覺得這博物館太小了嗎？快快快，快挖洞蓋博物館！」

南天門上，赤腳大仙也很開心：「看你孫猴子怎麼辦？」

一開心，免不了就想唱歌。

左腳右腳摳摳腳。
摳腳才會身體好，
一天摳一隻大腳……

嘿，才唱三句，又有人從他頭上跳過去，大仙站起來，捋起袖子想找他算帳，廣目天王搖搖頭：「別氣，孫猴子打敗仗，又回來討救兵。」

「又是他呀？」大仙表面氣，心裡樂，躺在階梯上看他，這回他直奔彤華宮，找火部眾神。

廣目天王點點頭：「有創意，聽說那魔頭有一個黃金圈，收了哪吒太子的兵器，嗯，找火去燒他，應該沒問題。」

火部眾神個個是紅臉，穿著赤焰外套，駕著火龍、火馬和火牛，提著火槍、火刀和火劍，經過南天門時，留下一股焦焦的味道。

「火部眾神很厲害，青牛擋得住嗎？」赤腳大仙擔心，天眼通直盯著他們，一直追到犀牛洞門口。

孫悟空又去拍門了：「開門，早早還了我師父。」

門，伊呀一聲，開了。

幾百個小妖敲著鼓，舞著旗，列隊站好了，犀牛王慢條斯理走出來：「猴子，你這回送什麼禮物來？」

孫悟空大笑：「送禮，沒錯，我請火部眾神送你一份熱情洋溢的大禮。」他揮揮手，滿天火神齊齊放火。

那真是一場大火，空中火鴉飛舞，山頭火馬奔騰，火牛噴出烈焰，火龍吐著濃煙。火海中，還能聽見孫悟空洋洋得意的笑聲：「哈哈哈，燒得你犀牛山變成火牛山……」

可惜，他還沒笑完，犀牛王丟出黃金圈，嘩啦啦，火龍、火馬、火鴉、火槍、火刀、火箭，全被套走了。

天空適時下起傾盆大雨，淋得滿山青翠，赤腳大仙在天上拍著手，得意的手舞足蹈，廣目天王搖搖頭，以為大仙晒太久日光浴，晒得昏頭了。

「大仙，休息一下。」

大仙跳得好開心，沒注意旁邊有人跑過來，撞得他暈頭轉向。

「誰？誰撞了我？」

「不好意思，我趕時間。」

瞧那背影，像猴子。

「是孫悟空？」大仙問。

廣目天王比個噓：「他又打敗仗了。」

「嘻……」大仙差點兒笑出來，「嗯，他要加加油。」

這回孫悟空找的是水德星君，邀集五湖四海八河九江的龍王，手裡各拿著一個碗。

赤腳大仙搖搖頭：「拿個碗能幹麼呀？」

廣目天王悄聲的說：「那些白玉碗呀，一碗就是一條河水，你想呀，那麼多碗水倒下去，他那黃金圈子多會裝呢？」

哦，赤腳大仙真的擔心了，孫猴子借兵，一次比一次強。

啊，我的
白玉碗！

他擔心，看著龍王降落在犀牛山。

犀牛王也在傷腦筋，為了火部眾神的兵器，他得開挖一個更大更宏偉的博物館。

只是，火部的兵器太熱情，沒有遊客敢走進去參觀。

「太熱了。」小妖們熱得直冒汗，那汗剛冒出來，立刻又變成一陣水蒸氣。

「熱得受不了啦。」犀牛王自己也叫，正想帶小妖們退出來，外頭一陣天崩地裂的聲響，門前小妖大叫：「大水啊，洪水來啦！」

那是龍王們放的水嘛，洪水從洞口灌進來，犀牛王收集來的神兵利器都被衝進水裡浮沉。

小妖們喊著救命呀，犀牛王不急，他拔下手臂上的黃金圈，搖一搖，晃一晃，這才喊聲「中」。

嘩啦啦啦啦，洪水全被收進圈子裡。

哐啷哐啷哐啷。空中掉下十七、八個白玉碗，犀牛王很開心，拿著碗，向著雲裡的龍王說：「謝啦，謝啦，我請客不用擔心沒碗啦。」

「你太囂張了。」龍王們說。

孫悟空跳下雲端：「老孫赤手空拳鬥你。」

「來得好。」犀牛王皮粗肉厚，孫悟空的拳頭力氣足，打山山倒，打樹樹斷，這回打在犀牛王身上，卻像打進一堵棉被。

「這麼輕，搔癢呀？」犀牛王揮拳，一拳打得孫悟空翻三個觔斗才能消除那勁道。

四周的小妖衝過去，大家都想抓孫悟空，想幫犀牛王湊滿四個取經和尚。

人多勢眾，聲音吵雜，孫悟空急忙拔下毫毛，變出七、八十隻小悟空，追著小妖又打又抓，戰況大逆轉，犀牛王笑了一聲，他不怕，拿出黃金圈子，又把毫毛小猴全收進圈子裡。

那一晚，犀牛洞好熱鬧，蛇肉、牛排、熊掌、駝峰、水果沙拉堆成一座座小山，幾個小妖還在臺上變魔術，犀牛王搬出珍藏的美酒，一罈疊一罈，只要想喝，不愁沒酒。

「等我的博物館落成，咱們還要喝……更多。」犀牛王說到這裡，吐了一口酒氣，睡著了。

別睡。

你別睡。

你千萬別睡呀。

赤腳大仙急呀，他在南天門看得急死了，他知道孫悟空變成蟲蟲的本領強，像現在……

孫悟空變成壁虎，從犀牛洞的門縫裡鑽進去。

守門妖提醒大家：「小心哦，孫悟空會變成小蟲溜進來。」

「注意抓小蟲。」幾個小妖提著油燈說。

一個大眼妖指著孫悟空：「這裡有一隻壁虎。」

「壁虎算不算小蟲？」小眼妖問。

赤腳大仙急死了，他握拳大叫：「當然算，快把牠打死！」

犀牛洞裡的小妖聽不到大仙的提醒，守門妖搖搖頭：「別傻了，孫悟空怎麼會變壁虎呢？我可沒聽過。」

「沒聽過，他就不能變嗎？真是呆頭妖。」赤腳大仙氣得一跺腳，天上傳來一聲雷。

那隻壁虎在雷聲中爬進犀牛王的臥室。

犀牛王睡著了，他的黃金圈子套在胳臂上，壁虎爬到天花板，往下跳，邊降落邊變身，落到犀牛王手臂上時，已經變成小跳蚤。

赤腳大仙實在太佩服自己的天眼通了，天庭離人間十萬八千里，他竟然連一隻小跳蚤笑的模樣都看得一清二楚。

笑得多狡猾，就是猴子樣。

跳蚤狠狠的叮了犀牛王一口，犀牛王大罵：「今天是哪個小妖換的

被套，怎麼會有跳蚤？」

他翻身，又睡著了，跳蚤不放棄，又咬了他一口，犀牛王氣得跳起來：「打跳蚤，打跳蚤。」

滿洞的妖怪全來了，掃地妖，拖地怪，拿蒼蠅拍的，點蚊香的，扛石磨的，大家奮勇當先，都想替犀牛王除跳蚤。

洞裡妖怪多，跳蚤跳進神兵利器博物館，牠在空中翻了幾圈，落地變回孫悟空：「偷不到黃金圈，我拿自己的武器。」他在一號櫃子找回毫毛，吹兩口熱氣，喊一聲變，變出三、五十隻小猴子，幫忙拿神仙的武器。

拿好了武器，小猴子們往外衝。騎火馬，拉火鼠，趕火牛，犀牛洞裡烈焰衝天，大大小小的妖精哭的哭，喊的喊。

「失火啦，失火啦！」

「救火呀，救火呀！」

犀牛王拿著黃金圈，這邊推推火光滅，那邊搖搖烈焰消，等到火災控制住了，點數洞裡的小妖，被大火燒掉一大半，博物館裡的兵器也都不見了！還好，取經三人組沒被偷走。

「太可恨了，是誰玩火呀？」犀牛王很生氣。

大眼妖說：「大王，這火又急又猛，掉了神兵利器，不是神偷做不了。」

「可恨哪。」一想起兵器不見了，犀牛王就覺得心痛，「這種偷雞摸狗的事，只有孫悟空做得來，他大鬧天宮那年，偷仙桃，盜仙酒，就是個小偷。哼，我的黃金圈神通廣大，別說孫悟空，就是上天庭，入地

獄，也沒人耐何得了我，你們安心，快收拾吧。」

洞裡一片焦黑，又要洗又要刷，還要拿石灰抹牆壁，忙了大半夜，再裝個新門板就收拾乾淨了。

門外頭，一大片烏雲遮住陽光，掃地妖抬頭望，哇，怪怪隆得怪，天空上祥雲朵朵，每朵雲上都站了天兵天將火馬火牛……

小妖們丟下掃把：「大王，大王，孫猴子帶著天神攻來啦。」犀牛大王眼睛瞪成銅環大，牙齒咬得喀啦響，一手長槍，一手黃金圈：「偷東西放火的猴子不要走，別以為『神』多勢眾我就怕了你。」

他跳上雲端，挺著長槍刺，四周神佛團團圍住犀牛王，哪吒使出六件神兵利器，火德星君帶著眾神放火，雷公電娘，托塔天王，個個使出寶貝，眼看就是一場大屠殺……

犀牛王好開心哪：「哇哈哈哈，這些兵器今天都是我的了。」

黃金圈發出耀眼的金光，犀牛王喊聲：「中！」。

嘩啦！

火牛、火龍、火馬、天王刀、金箍棒，全被黃金圈收個乾乾淨淨，眾家神佛灰頭土臉，沒了命的跑。

犀牛洞裡的小妖，搬的搬，扛的扛，喜氣洋洋回到洞裡，重新再建博物館。

「要用最好的建材。」犀牛王吩咐。

「當然，當然。」小妖們，敲敲打打好不熱鬧，犀牛王這邊摸摸金箍棒，那邊試試天王刀，偶爾騎著火龍在洞裡遛遛。

「開心哪！」犀牛王大叫。

「出來！」外頭也有人在喊。

守門大眼妖進來，正要開口，犀牛王瞪了他一眼：「孫悟空？」

大眼妖點點頭。

「又請了救兵來？」

大眼妖豎起大拇指：「大王英明。」

「討厭的猴子，打不過，還不放過？」犀牛王指著孫悟空，「連輸四、五次，還不認輸？」

孫悟空說：「你先把我師父、師弟放出來。」

「怎麼能放呢？我還缺你呢，自己送上門來，別怪我了。」犀牛王微曲膝蓋，正想跳上雲端，空中卻出現十八個渾身金光的漢子，他們灑出金色的砂，那砂子像煙又像霧，金砂瞬間埋住他的小腿，他拔出腳來，還沒站穩呢，砂又往上堆二尺深。

獨角犀牛王急了，用力往上一跳，丟出圈子，喊聲「中」。

嘩啦一下，藍天白雲，滿天金砂消失了，圈子裡，滴溜溜轉的是十八粒金丹砂。

「寶貝，寶貝呀。」犀牛王開開心的捧著十八粒金丹砂，開開心心進洞去籌畫博物館。

南天門上，赤腳大仙忍不住要嘆口氣了。

這回的氣，是喜氣，天上人間喜氣洋洋。

剛才他看見，孫悟空找如來佛，借了十八羅漢。

十八羅漢又怎樣？這十八個身上塗金漆的羅漢爺照樣打敗仗呀。

赤腳大仙開心的躺在南天門外，輕輕哼著歌。

一塊陰影遮住陽光，是孫悟空，他又回南天門了。

「別擋著日光。」赤腳大仙說。

「我來找人對付犀牛王。」

「哈哈哈，你找錯人了。」赤腳大仙說，「我打不過犀牛王。」

「那誰能打敗他？」

「我不會告訴你。」

「我想你也不知道。」

「誰說我不知道？」赤腳大仙翻身坐起來，眼睛瞪得老大。

「算了，你哪會知道。」孫悟空想走。

「我就是知道，但是，我偏偏不告訴你。」

「那就是、不、知、道。」

「我知道！」

孫悟空揮揮手走了兩步：「你不知道。」

赤腳大仙拉住他：「我真的知道。」

「你不知道啦。」

「我知道知道知道知道知道。」

「你不知道不知道不知道不知道！」

「我知道，太上老……」赤腳大仙脫口而出這三個字，他突然想到該住嘴，但是，說出去的話收不回來，孫悟空已經跳進兜率宮，拉著太上老君下凡。

老君下了凡，只念一聲咒語，犀牛王就變回大青牛。

黃金圈原來是青牛鼻上的鋼環……

唐僧騎著白馬，沙悟淨挑著行李，孫悟空和豬八戒跟在左右，白馬往西方重新出發。

「我……」赤腳大仙望著取經四人組的背影，氣得說不出話來了。

11

八百里通天河

玉帝生氣，暴怒，嚴重警告眾家仙佛：「誰再不小心，讓自己家的什麼牛呀、童子或宮女下凡，誰就……」

剩下的話，玉帝沒說完，所有神仙的眼睛都在打量太上老君。

老君苦笑著拍拍青牛：「都是他，都是他的錯。」

不過，這一切，赤腳大仙沒聽到，因為他奉了玉帝的聖旨去警告三山五洞二十八星宿：「玉帝說，別讓你家的雞呀鵝呀跑下凡，不然……」

赤腳大仙其實有一肚子氣，明明就快成功了，怎麼會說溜嘴了呢？

如果不說溜嘴，說不定……

前頭來到南海落伽山，觀世音菩薩住這裡。

菩薩不在家，說是去大雷音寺聽如來佛說法。

池塘邊，陽光和南天門的一樣好，赤腳大仙忍不住就想在這裡晒晒太陽，睡個午覺。

好舒服的陽光，好涼爽的清風，赤腳大仙低頭，一條金魚浮出水面望著他。

「不好意思，我沒帶飼料。」

那金魚，搖頭擺腦，朝他點點頭，大仙想，菩薩就是菩薩，連魚都教得這麼乖，這麼……

他突然有個聰明的想法，玉帝只說不能走了牛和童子，沒說不能游走一條魚……，於是，大仙挖開池塘的排水孔，朝金魚一指，金魚連再見也沒說，嘩啦一聲，下凡啦。

經過七重天，六重天，五重天，金魚落回凡間，凡間有條寬闊的大河，潑啦啦啦，這魚變成滿嘴尖牙的金魚妖，潑啦潑啦，魚鰭變出手，變出腳來。

「呵呵呵，呵呵呵，還是人間自由自在。」

金魚妖搶千年老烏龜的家當宮殿，再給自己取個威風凜凜的名字——靈感大王。

靈感大王命令河邊百姓，每年送來童子、童女：「當做我下凡的禮物。」

想到這兒，靈感大王免不了要唱唱歌——

童子好，吃完童子吃童女。

童女好，吃了童女……

吃了童女……

大王的語文沒學好，唱到這裡接不下去了。

吃了童女……

旁邊的龜公公提示：「吃了童女身體好。」

「對對對，吃了童女，身體好。」靈感大王很開心，掐指算一算，

「又該去找童子、童女了，今年輪到哪一家？」

「大王，是通天河邊的陳家寨，輪到他們家送童子『陳關保』，童女『一秤金』。」

「一秤金？名字這麼怪？」

龜公公說：「不怪不怪，陳澄樂善好施，修橋補路，建寺立塔，這裡出三兩金，那裡使五兩金，生女兒那年，恰好用完三十斤黃金，三十斤是一秤，所以叫做一秤金。」

「好好好，名字取的真好，吃起來一定也爽口。」

靈感大王變成一陣清風，飄到通天河邊靈感廟，吹得廟門啪啦、啪啦響。

明月光光，廟裡亮亮，供桌上，盤子裡，坐著童子與童女。

靈感大王伸出尖尖的指甲，輕輕在童子身上一刮，嫩嫩的：「小寶貝，乖不乖，向大王爺爺自我介紹一下。」

眉清目秀的童子說：「我是陳清的兒子，她是陳澄的女兒。」

靈感大王遲疑，這童子太大膽了吧？以前的童子，問第一次不敢答，再問一次失了魂，等他用手捉，已經死翹翹了……

「你們叫什麼名字？」

「童男陳關保，童女一秤金。」童子的聲音含著笑意，像要出門玩。

靈感大王決定嚇嚇他，張開滿嘴尖牙，擺出最凶的表情：「我要吃你了，害怕了吧？」

童男開開心心的：「大王想怎麼吃就怎麼吃，請吧！」

這童子只有四、五歲，怎麼會如此伶俐？靈感大王懷疑呀：「我以前都是先吃童子，今年先吃童女一秤金。」

盤子上的童女聲音粗，臉孔像頭豬：「大王，還是照舊吧。」

大王揉揉眼睛，明明是個小女娃呀。

小女娃抹一抹臉，竟然長高變壯，哇呀呀呀，她變成豬頭人身，手裡有根九齒釘鈀，靈感大王嚇一跳，盔甲被釘鈀戳破一個洞，噹噹掉下兩片魚鱗來。

靈感大王破口罵：「你們是誰，壞了我的好事？」

童子翻身上雲端，露出本相，是隻猴子：「我是唐三藏法師的徒弟孫悟空，他是我師弟豬八戒，我們借住陳家，聽說你年年要吃村裡的童子、童女，我們倆特地來為民除害。」

「除害？」靈感大王手無寸鐵，只能化成狂風，鑽進通天河內。

河宮內，靈感大王很生氣。

魚精、蝦精很好奇：「大王往年吃了祭品，回來都是歡歡喜喜的，今天怎麼愁眉苦臉？」

「今年遇到孫悟空，吃不到啦。」

「孫悟空？」

「他是唐三藏的徒弟孫悟空，我聽其他妖怪同道說，誰吃了唐三藏一塊肉，就能長生不老，可惜有這隻礙事的猴子在，無福享受呀。」

龜公公笑說：「大王，捉唐僧不難，只是捉到後，能不能賞我一點兒唐僧肉？」

靈感大王說：「如果能抓到唐三藏，我讓你當副大王，咱們一起享用唐僧。」

龜公公大笑：「大王會呼風喚雨，今天晚上，大王作法起寒風，降大雪，將通天河結成大冰塊，我們宮裡的小魚兒，小蝦子去扮行人，唐僧趕著去取經，看見河上有人走，一定跟著過河，等馬蹄聲一響……」

「我就把他們抓來？哈哈哈，好計！」

太陽下山，靈感大王開始作法，溫度像溜滑梯，從二十度降到零下二十度，河水結成一層厚厚的冰。

河邊商家，成群結隊趕往對岸。

靈感大王在水底下等，他等呀等呀，冰面上都是腳步聲，卻聽不到馬蹄響。

「他不來了吧？」靈感大王猜。

「會不會繞到另一邊去了？」

是唐僧！
我去抓來！
大王再等等，
再等等！

「怎麼辦呢？」

靈感大王搖搖頭，每一秒鐘都像一年那麼久。

他等呀等，怎麼等不到馬蹄聲，好幾次他都想衝上去，是龜公公帶著魚兵蝦將拉著他：「大王，再等等，再等等。」

等呀等呀，光線一絲一絲的往上走，等呀等呀，都快天黑了。

「他怎麼還不來？」靈感大王掙脫眾「魚」的拉扯，正想往上游時，突然，一陣得兒得兒的聲音適時的響起。

「這……這……」

龜公公眼角含著笑意：「恭喜大王，唐僧來了。」

聲音愈來愈響，沒錯沒錯，是馬蹄聲。

靈感大王歡喜的撞開冰面，聲勢驚人，嚇得唐僧三個徒弟連忙飛到

半空，因為太緊張，沒人想起來該拉師父一把，靈感大王毫不客氣，一把捉住唐三藏，帶著眾多水妖回河宮，要大家稱呼龜公公為副大王。

「做妖怪也要講信用，你幫我捉住唐僧，就該當副大王，」靈感大王吩咐小妖：「抬桌子，磨刀子，把唐僧剖腹挖心，我跟副大王一起吃，同享長生不老。」

龜公公急忙喊停：「大王，別急著吃他，等他的徒弟走了，我們聽音樂、看舞蹈，那時再從容自在的享用唐僧肉。」

12 死的去，活的住

靈感大王的府裡，小妖們忙裡忙外，絲竹管樂正熱鬧，大家快快樂樂等著吃唐僧，得永生。

蒸籠還在刷，唐僧還在哭，外頭卻傳來一陣怪怪的聲響。

「怪物，送我師父出來。」

門外頭，是唐三藏的徒弟豬八戒，旁邊跟著沙悟淨。

豬八戒說：「快把我師父送出來！膽敢說個不字，老豬九齒釘鈀不饒你！」

靈感大王大笑三聲：「前天我身上沒兵器，今天咱們好好打，你贏

了，我就還你師父，若是敗給我，我連你一起蒸了吃。」

靈感大王使出九瓣銅鎚，豬八戒拿釘鈀架住，沙悟淨高舉寶杖加入戰局，三人打打殺殺，通天河水面激起百丈的浪花。

只是，他們打了兩個時辰也分不出勝負，豬八戒眼看打不過，招呼沙悟淨鑽出水面。

「想跑？沒那麼容易！」靈感大王持著銅鎚追出去。

他剛跳出水面，空中揮來一棒，那棒子又重又沉，靈感大王側身閃過，銅鎚一接，哇，他當場軟了腿，睜眼一瞧，唉呀，是孫悟空。

「好個豬八戒，偷偷在水面設陷阱。」靈感大王很生氣，但是生氣也沒用，他打不過孫悟空，轉身潛回水裡。

副大王問：「大王，打得如何？」

「孫悟空武功高，棍子重，我的銅鎚架不住。」

副大王打了個冷顫：「大王，幸好你跑得快，否則你就回不來，我當年在東海，曾聽老龍王說起他，這隻猴子神通廣大，有七十二般變化，大王要小心提防，這猴子會變魚變蝦。」

他們還在說，守門小螃蟹來報：「大王，那兩個和尚又來拍門了。」

靈感大王哼了一聲：「把門關緊，挖泥沙、石塊擋著，等他們走了，咱們再來品嘗唐僧肉。」

小妖人多爪子雜，搬石塊，運泥土，把門封得密密實實。

「如果他們再來呢？」小魚妖問。

「不會啦。」大王說。

「如果他們挖洞進來？」小蝦問。

「我們再往下挖。」靈感大王說，「總而言之，今天起，我們就在水裡住定了，管他徒弟急不急。」

一向性子急的大王，難得這麼有耐性，他指揮大家，河宮往下挖深三百尺。

他們還在河底開宴會，一連開了三天。

「從此過著幸福快樂的日子啦。」靈感大王笑得很開心時，突然覺得耳朵裡一跳一跳的。

什麼事情呢？

副大王喝醉了，小蝦小魚拍著肚皮笑，小鱉小龜站在桌上唱歌。

但是……

他明明聽到什麼……

「死的去，活的住，死的去，活的住。」

這聲音穿過水流，經過重重疊疊的泥沙土塊，聽起來像……

「死的去，活的住，死的去，活的住！」

是主人！是主人的聲音，靈感大王身不由己，大叫一聲，滿嘴鋼牙不見了，一頭亂髮消失了，他翻身跳騰，變成一尾大金魚，跳出水面，跳進主人的竹籃裡。

唉呀，是觀音菩薩來了，他提著竹籃裝著金魚，九瓣銅鎚現出原形，是一株含苞的蓮花。

南天門上，赤腳大仙很悶。

他看到觀音披頭散髮，急急從南海去抓金魚。

他也看到取經四人組過了通天河，繼續往西天去取經。

悶呀。

小金魚，法力不高，給他一條八百里的通天河，也擋不住孫悟空。

還有誰呢？

還有誰能幫忙呢？

想當年，孫猴子逃不出如來佛的手掌心。

那現在呢？赤腳大仙的天眼通，望向大雷音寺，他記得，佛祖們都有自己的坐騎，如果……

13 除蠅高手表揚大會

八百里獅駝嶺，嶺上三位大王，率領四萬八千名小妖。

今天一早，全體小妖拿著蒼蠅拍。

三魔說：「大魔王吩咐，唐僧要去西天取經，他是十世好人投胎，吃他一塊肉，就能長生不老。唐僧的徒弟孫悟空不好惹，他會七十二變，還會變成小蒼蠅，大家要把蒼蠅除掉，就不怕孫悟空搗蛋。」

於是，四萬八千名小妖拿起四萬八千根蒼蠅拍……

「打蒼蠅，除蒼蠅，孫悟空會變成小蒼蠅。」

「拍蒼蠅，清蒼蠅，打掉孫悟空變的小蒼蠅。」

小妖們拍拍打打，三個月後，獅駝嶺蒼蠅絕跡，三個魔王辦了一場除蠅高手表揚大會。

冠軍是「碰到我算你倒楣妖」，他有八條腿，四對翅膀，能在空中轉彎、煞車，加上三百六十度無限迴轉，難怪能除掉十萬隻蒼蠅，勇冠眾妖精們。

「全年無休妖」長了二十四隻手，二十四隻眼睛。每一小時讓一隻手一隻眼睛睡覺，其它二十三隻手和二十三隻眼睛忙著打蒼蠅，一分一秒都不浪費，榮獲第二名。

第三名「小鑽風妖」，小鑽風來去一陣風，追得蒼蠅無影無蹤，他面前的蒼蠅也堆成一座山峰。

大魔王很開心，一講講不停，從妖怪守則講到種豆芽菜的祕訣，講得小妖們昏昏欲睡，哈欠連連。

啊——碰到我算你倒楣快睡著了。

啊——大魔王自己也在打哈欠了，他的嘴巴像山洞，一隻綠頭蒼蠅出現在那裡。

「蒼蠅警報！」碰到我算你倒楣大叫。

「打蒼蠅！」全年無休的二十三根蒼蠅拍揮過來了，啪啪啪啪啪啪啪啪啪啪啪啪啪啪啪啪啪啪啪啪啪啪啪……連續二十三下，那隻綠頭蒼蠅被打成蒼蠅醬，但是大魔王的嘴巴也被打腫了。

「哈哈哈，大魔王腫成豬頭了。」小鑽風笑得好開心，嘴尖尖的笑個不……

臺上的三魔喊停：「小鑽風，你過來。」

那是孫悟空變的！
打蒼蠅！
除蒼蠅！

「我……」

「你是孫悟空。」

「不，我是小鑽風。」

三魔把他抓到大魔王面前：「差點兒被他騙了。」

大魔王問：「三弟呀，誰騙誰呀？」

「小鑽風是孫悟空變的。」

「我天天和小鑽風見面，我認得他，」他對小鑽風說，「你有沒有名牌呀？」

小鑽風拿出一塊銅牌，上頭刻著「小鑽風」。

「沒錯，你是小鑽風。」

三魔說：「大哥，他笑的時候，露出一個雷公嘴來，他真的是孫悟空變的。」

「我是小鑽風！」小鑽風解釋。

「你是孫悟空！」三魔按住他，拉開衣服，衣服下一身黃毛，還有紅紅的屁股。

大魔王笑：「小鑽風的臉，猴子的身體，抓到孫悟空，唐僧也不遠了，應該開慶功宴。」

「師父派我來打聽，我們只是要去取經！」那小鑽風，不，是孫悟空大叫。

三魔不理他：「大哥，先把他裝進陰陽二氣瓶裡，免得他跑了。」

「嗯，有理有理。」大魔王點點頭，召了三十六個小妖，抬出陰陽二氣瓶。

那蓋子一打開，颼的一聲，孫悟空就被吸進裡頭了。

打蒼蠅表揚大會，改成慶功大會了。

美酒無限量供應。

肉乾任妖怪吃到飽。

四萬八千隻妖怪大叫的聲音，讓獅駝嶺的山神、土地公抱著樹叫：

「可怕呀！」

大魔王還是有點兒擔心：「三弟，孫悟空化成膿水了嗎？」

三魔放下酒杯：「陰陽二氣瓶裡有七寶八卦，二十四時氣，人裝進去，不言不語，陰涼無比，一旦說了話，烈火燃燒，火龍吐焰，我看，孫猴子早就變成一灘血了。哈哈哈，小妖們，瓶子抬上來。」

三十六個小妖準備抬瓶子，一抬，咦——小妖們慌慌張張報告：

「大王，瓶子輕了。」

三魔大喝：「不可能，這寶貝有陰陽二氣，要三十六個人才抬得動，胡說八道。」

一個小妖單手提起瓶子：「三大王，陰陽瓶真的輕了。」

三魔打開蓋子，瓶底破了個洞：「瓶子，空啦。」

洞口一隻綠頭蒼蠅喊一聲：「老孫，走啦。」

啊，孫悟空真的變成小蒼蠅，四萬八千隻蒼蠅拍，啪啪啪啪追著他，這隻蒼蠅拍著翅膀，拍拍拍拍，飛出洞外。

三魔喊衝，二魔看看大魔王，大魔王搖搖頭。

「不追？」三魔說。

「如果大哥說追，我就去……」二魔遲疑。

大魔王擔心：「孫悟空很厲害。」

三魔氣得大罵：「西方大路，誰不認識獅駝嶺三魔王？他在我們洞裡搗蛋，我們卻不敢追出去？」

大魔王很怕。

「大魔王，別怕。」四萬八千隻小妖鼓勵他。

「我……」

「大魔王，你要勇敢呀！」小妖們齊聲怒吼。

「好吧，我……我追。」

大魔王慢吞吞的走出去，外頭，孫悟空站著，金箍棒在陽光下閃耀著金光。

「妖怪，想吃我師父，得經過我這關。」

大魔王退了一步：「這……」

「不敢呀，那我讓你砍三刀，如果你砍完了，我沒事，你就放了我師父吧。」

「咱們不打架？」

孫悟空笑：「打架多野蠻呀，砍我吧。」

「好，我砍你三刀，砍完讓你們去取經。」

大魔王放鬆心情，拿起大刀，砍向孫悟空，只聽「鏘」的一聲，孫悟空的頭好端端的。

「好硬的頭。」大魔王害怕。

孫悟空摸摸頭：「我生來銅頭鐵腦蓋，你要不要再砍一刀。」

「那當然。」這回他使出全力，一砍，孫悟空被砍成兩半。

大魔王正想拍拍手，沒想到孫悟空那兩半，在地上滾了滾，滾成兩個孫悟空。

兩個孫悟空同時指著他：「妖怪，你再砍我一萬刀，我就變成兩萬個孫悟空。」

大魔王覺得好玩：「你有本事收回來嗎？」

「收成一個？」

「沒錯。」

兩個孫悟空一聽，地上打個滾，又合成一個身體，拿著棒子打過來，大魔王大刀架住，兩個人跳到空中廝殺，殺得滿天雲氣重，滿山霧氣飄。大魔王愈打愈覺得猴子的棍子重，他決定施展絕招，迎著風，晃了晃，現出原身，是一頭金毛巨獅！好巨獅，張開大口來吞孫悟空。

孫悟空笑嘻嘻：「來了，來了，老孫最愛被人家吃啦。」

嘩啦一聲，天上隱隱雷鳴。

那是赤腳大仙，他一頭撞在南天門的柱子上：「誰讓你吞了孫悟空呀？你這個傻……」

14 肚子裡的孫悟空

「我抓到一個。」大魔王得意洋洋回到洞裡。

「大哥抓到誰了？」二魔問。

「孫悟空。」

「在哪兒呢？」

大魔王拍拍肚子：「在這兒。」

三魔大驚：「大哥，孫悟空不能吃。」

大魔王肚子裡傳出一個聲音：「好吃，好吃，真好吃，吃了猴子就不餓了。」

四周的小妖大叫：「大王，孫悟空在你肚子裡說話。」

大魔王很擔心：「孫悟空，出來。」

「早哩，我還不想出來。」

「為什麼？」

「天氣涼了，我的衣裳薄，待在你的肚裡好暖和，等過完年，老孫再出來。」

小妖們齊叫：「大王，他要在你肚子裡過年耶。」

「你想過年？哼，我整個冬天不吃飯了，餓死你這隻弼馬溫。」

魔王肚子裡傳出笑聲：「乖妖怪，傻妖怪，我們去取經，腰邊都帶著小鐵鍋，我把你的心肝跟腸子揉成小湯圓，慢慢燉來吃，夠我吃到清明節呢。」

外面的，
送點酒菜
進來！

二魔大驚：「這猴子真狠哪。」

三魔說：「別擔心，他在肚子裡，哪有地方架鍋子？」

孫悟空敲敲大魔王的肋骨：「這裡能架鍋。」

三魔說：「他在裡頭煮東西，煙排不出去的。」

孫悟空說：「金箍棒往上捌個窟窿當煙囪，還能當做天窗看繁星。」

大魔王愈聽愈怕：「快快快，快拿酒來，我用酒灌醉了孫悟空。」

小妖們抬了幾罈酒，大魔王咕嚕咕嚕，連喝七、八罈，大魔王沒醉，因為他倒進去的酒，全被孫悟空喝光了。

孫悟空醉了，就在大魔王的肚子裡打拳，他打小腸，踢大腸，把心肝脾胃打得咚咚響。大魔王疼得在地上滾：「大慈大悲的齊天大聖菩薩，饒了我吧。」

「你叫我一聲外公，我就考慮考慮！」孫悟空在大魔王肚裡說。

「外公，外公，是我不對，求您饒了我，我保證送您的師父過嶺。」

「怎麼送？」

「用軟轎子抬您師父過嶺。」

「好好好，妖怪抬轎最好，又穩又快，你打開嘴巴，我出去。」

三魔走來，悄悄的說：「大哥，他出來時，你咬他。」

這話，孫悟空也聽見了，他假裝跳出去，其實出去的是金箍棒，大魔王用力一咬——喀擦一聲，門牙斷兩半！

孫悟空大怒：「我想饒你性命，你卻想害我的命？老孫不出去了。」

三魔激他：「孫悟空，你大鬧天宮很英雄，今天躲在我大哥肚子，像狗熊。」

「這……」

「是好漢子，就出來跟我們決一死戰。」

「好，老孫出來了。」

孫悟空喊聲來了，大魔的嘴裡滾出一團紅光，紅光迎風變大，是孫悟空。

三個妖怪圍過來，沒頭沒臉的打他。

「以多欺少？」孫悟空跳到半空中，手裡拉著一條繩子，就這麼一拉……

「痛痛痛痛，痛死我啦！」大魔王又在地上滾了，「別拉，別拉，我怕了你啦。」

15 調虎離山計

原來，孫悟空怕大魔王反悔，出來前，先用毫毛變出繩子，緊緊綁著他的十二指腸。

孫悟空一拉繩子，大魔王肚子一抽，就疼得喊一聲。二魔、三魔跪著求情：「大聖，解開繩子吧，我們送您的師父過山。」

「你們把繩子割斷，不就得了嗎？」

大魔王說：「割了外邊的，繩頭還在肚子裡呢。」

孫悟空好心：「我爬進去解繩子吧。」

三個魔王搖搖頭：「不不不，你進去了，如果不出來……」

「要是我能從外頭解開繩子，你們就肯老老實實送我師父過嶺？」

他們磕著頭：「一言既出，妖怪駕風也難追。」

「好，一言既出，妖怪駕風難追。」孫悟空抖抖身子，繩子變回毫毛從大魔王鼻孔噴了出來，「你們快抬轎子來吧。」

孫悟空翻個觔斗，去找師父了。

大魔二魔想去找轎子，三魔拉著他們：「別急，我有調虎離山之計。」

「調虎離山之計？」大魔、二魔有興趣。

「滿洞群妖四萬八，細細挑出四十八，三十個當大廚，每三十里地，弄一個小餐車招待唐僧。」

「剩下十八個？」

三魔王笑著說：「六個抬轎，六個開路，六個當樂手，我們陪在左右，這裡向西四百里，就是我的獅駝國，到那裡……」

大魔王眉開眼笑：「妙妙妙。」

唐僧不知道，高高興興坐上軟轎，三個大王親自帶領四十八名小妖，同心協力侍奉他，每三十里吃點心，五十里嘗素齋，太陽下山就歇息。唐僧師徒四人被招呼得周周到到，西天取經這麼多年，這四百里路最愉快。

如果能這麼一直走下去，取經多快樂呀。

不過，四百里走完，前方出現一座大城，惡氣籠罩城頭，妖魔羅列四周，孫悟空正想警告大家，後頭一陣風響，是三魔持著長鎗惡狠狠殺來，孫悟空急忙架開他，兩人勢均力敵，打得難分難解。

另一邊，大魔王殺向豬八戒，二魔的長槍刺向沙悟淨，三個魔王三個和尚，捨生忘死，誰也不相讓。

十八個小妖，沒忘記責任，搶白馬，扛行李，把唐僧抬進城裡去。

「別，別，別抓我。」唐僧發著抖。

大妖小怪有禮貌：「大師父您放心，大王有交代，不能敲鑼打鼓，也不行高聲喧譁，大王說您的膽子小，又愛哭，嚇壞了，肉酸了，吃了不能長生不老的。」

城外頭，東風吹吹，戰鼓擂擂，刀光劍影打到天黑。豬八戒餓得手腳發軟，釘鈀拿不住，大魔王張開大嘴，一口咬住豬八戒，拖回城裡。沙悟淨正在苦戰二魔，豬八戒被抓了，他也慌了，降妖杖法出現破綻，二魔長長的鼻子一捲，沙悟淨也被抓回城裡啦。

悟空，
快來救我！

南天門上，赤腳大仙啃饅頭，哼小曲兒……

左腳右腳沒有香港腳，
前腳後腳今天打赤腳。
常打赤腳身體好，
天天赤腳道行高。

赤腳大仙開心哪，三魔大戰孫悟空，孫悟空已經落下風。

「嘿嘿，看你能怎麼辦？」大仙看看凡間，孫悟空力氣不足，金箍棒擋不住魔王的兵器，他朝天空一蹦，翻個觔斗跑了。

三魔笑一笑，展開翅膀，哇哦，他變成大鵬鳥，搧兩下就追上孫悟空，爪子一夾，像在夾娃娃，孫悟空也被抓走啦。

赤腳大仙得意極了：「三魔王是大鵬鳥變的，他一搧九萬里，二搧十八萬里，比猴子的觔斗雲還快。」

獅駝國，宮殿裡，柱子上綁著沙悟淨和豬八戒。

鐵籠裡，關著孫悟空。

唐三藏坐在地上，他看看孫悟空，看看豬八戒，一時悲從中來：「以前遇到困難，還有悟空救大家，今天……怎麼去取經呀？」

「對呀，孫悟空……」赤腳大仙聽得擔心起來：「魔王呀，別顧著喝酒聊天，孫悟空有七十二變，小心他跑掉呀。」

三個魔王很忙，他們忙著派五個小妖抬水，七個小妖刷鍋子，十個

小妖生火，二十個小妖抬鐵籠：「把和尚蒸熟了，大家一起享用，個個都能長生不老。」

「太好了，太好了。」赤腳大仙感動得都快哭了，「終於要蒸孫悟空啦。」

這真是值得紀念的一刻，赤腳大仙揉掉眼屎，看個仔細……

四個和尚在蒸籠，蒸籠上白煙飄，但是，什麼東西飄上半空中，赤腳大仙眼睛瞪圓了——那是孫悟空，討厭的孫悟空跳到空中，召來北海冷龍，命他趴在蒸籠裡，有了冷龍，沸水再燙，也立刻降溫。

「哈啾！」豬八戒嫌冷：「這些小妖怎麼回事，蒸和尚還捨不得放木柴？喂，多放點木柴呀！」

蒸籠涼了，孫悟空摸出幾十隻瞌睡蟲，把它們往空中一扔，瞌睡蟲扭呀扭呀找鼻孔，它們爬進大妖小怪的鼻孔，妖怪一個一個揉鼻子，眨眼睛，不知不覺睡著了。

赤腳大仙急，恨不得下凡把魔王們叫醒。

可惜，大仙不能私自下凡，他眼睜睜，看著孫悟空打開鐵籠，把大家救出來，沙悟淨牽馬，豬八戒挑行李，走到城門口，城門緊密，四周掛鈴鐺，輕輕一碰，鐺鐺作響，他們改爬牆，一個一個溜出牆。

「和尚跑了啦。」大仙氣得彈一塊饅頭下來。

那塊饅頭在空中加速變大，下了凡，變成一座饅頭山，轟的一聲，直接撞破三個妖怪的宮殿。

三魔被吵醒了：「唐僧煮熟了嗎？」

大魔王揉揉眼睛，廚房裡蒸籠亂丟，鍋子冷掉，他氣得搖醒二魔：

「抓唐僧，抓唐僧，唐僧跑了。」

「跑……跑了？」二魔揉揉眼睛。

大魔王獅吼功一吼：「唐僧真的跑啦——」

哇，獅駝國四萬八千隻小妖都驚醒了，大家趕緊拿刀持槍湧到城門口。

城門關得好好的，鈴鐺也沒響，火把往牆上一照，哈哈，一匹白馬吊在城樓上。

白馬沒練過爬牆功，豬八戒和沙悟淨在城牆上將他往上拉，唐三藏正求他跳過牆。

大魔王喝一聲：「哪裡走？」

獅吼功像鐘又像鼓，唐三藏嚇得手腳酸軟跌下牆；二魔捉了沙悟淨，三魔擒住豬八戒，大妖小妖搶回白馬和行李。

孫悟空呢？他趁亂往空中一翻，逃走了。

大魔王擔心：「孫猴子如果再來？」

三魔有個好點子：「放出假消息，讓滿城小妖都去說，說唐僧被咱們吃了，說給過路行人聽，說給花草樹木聽，只要孫悟空聽到這消息……」

三個妖怪互相看了看，同時哈哈大笑。

南天門上，赤腳大仙也在笑，他看到孫悟空四處打聽消息，滿街的小妖都在說：「吃啦，吃啦，唐三藏被大王們吃啦！」

「不可能，」孫悟空混進大殿，見到綁在柱子上的豬八戒：「師父呢？」

豬八戒痛哭：「師父沒了，昨天晚上被三個妖精吃啦。」

「吃啦？」

「師兄，先救了我。」

孫悟空放聲大哭，他跳到雲端：「都是如來，要我陪師父去取經，怎麼知道師父會落進妖精嘴裡？我去找如來，讓他念念鬆箍兒咒，我好回去花果山當大王吧。」

赤腳大仙一聽，那還得了，孫悟空有三大絕招，毫毛變身術，鑽進妖怪肚子盪秋千和上天下地找神仙。

「這可不行，如果讓他找到如來，如果如來找到自己的坐騎……」

他急忙駕起祥雲，擋在空中。

遠遠的，孫悟空來了：「大仙，借過，我急著找如來呢。」

赤腳大仙正經的說：「如來不在家，他去南天門找玉帝了。」

這叫一報還一報，當年孫悟空亂指揮，害他被綁在捆仙柱子上，今天倒要整整這隻潑猴……

「太好了，謝謝大仙。」孫悟空立刻調頭往南天門走。

大仙慢悠悠跟在他後頭，等著看孫悟空出糗。

沒想到，南天門外瑞氣千條，如來佛到了，普賢菩薩到了，文殊菩薩到了。

他們都要下凡去。

赤腳大仙忍不住問：「這些菩薩……」

廣目天王說：「真糟糕，連如來佛的大鵬鳥都私自下凡，擋著唐僧取經。」

「是嗎？」赤腳大仙吐吐舌頭，太巧了吧？他想騙孫悟空，卻那麼剛好，如來佛也到了南天門。

他正沮喪，孫悟空拍拍他肩膀：「大仙，謝謝你，如來佛說我師父沒被吃掉，我要下去救他，再見。」

「再見。」赤腳大仙揮揮手。

「啊！」孫悟空又折回來：「忘了跟你說，玉帝找你。」

「現在？」赤腳大仙看看太陽，下午一點鐘。

「很急喔！」

「什麼事？」

「聽說跟升什麼官有關，好像……」

等了這麼久，玉帝終於要幫他升官了。赤腳大仙興匆匆跑進靈霄寶殿，殿前的石獅擋他，他推開，柱子上的金龍叫他，他不理。

「急事，玉帝找我呢。」

他用力推開大門：「赤腳大仙到。」

殿裡頭安安靜靜，金漆大床上，玉帝在睡午覺嘛。

赤腳大仙想起來，玉帝睡午覺時最氣神仙吵他……

他正想退出去，玉帝拉開蚊帳，臉拉得比麵線還長：「我最近忙翻了，你知不知道？三隻坐騎下凡去搗蛋，你……你是赤腳大仙？」

「我……我是赤腳……小仙。」大仙每講一個字，就往後退一步，一句話講完，退了幾十步，退到了殿外頭。

玉帝的下床氣很重：「把他綁在捆仙柱子上，等我睡醒了，再處罰他。」玉帝大手一揮，赤腳大仙又被拉到捆仙柱子上。

任何一個神，只要綁在捆仙柱子上，所有的法力都會消失的。

赤腳大仙法力消失前最後一刻，他還不放棄，天眼通出現了這樣的畫面：

普賢菩薩出現後，大魔王變回青獅。

文殊菩薩到時，二魔乖乖變身成白象。

三魔在如來佛的法力下，揮揮翅膀，現出大鵬鳥的本相。

菩薩們騎著自己的坐騎，回西天去了。

取經四人組跟菩薩揮揮手：「我們很快就會到的。」

更可惡的是，那隻猴子回頭朝著南天門的方向比個「耶」的勝利手勢……

「你！」赤腳大仙的天眼通突然一黑，唉呀呀呀，他的法力消失了，這下什麼也看不到了。

「可恨哪！」大仙痛苦的大叫一聲，他的聲音傳遍天庭，似乎在提醒大家，千萬別惹孫悟空，如果你不想被綁在捆仙柱子上的話……

讀書會

奇想西遊記《都是神仙惹的禍》故事裡出現了許多神仙和妖怪，他們和孫悟空之間的鬥法精采又有趣，你能分得清這些神仙妖怪們有哪些法術和寶物嗎？
翻開【西遊妖怪小學堂】，一起回顧吧！

書名祕密大解析

書名藏著故事的祕密，讓我們一起來解密：

1 「奇幻西遊記」是什麼意思？用你自己的話說說看。

2 「都是神仙惹的禍」是什麼意思？用你自己的話說說看。

題目設計：宜蘭縣岳明國小 **蔡孟耘**老師

故事標題露玄機

1 故事裡出現的標題露出了什麼玄機呢？請先研究一下標題和組織圖：

都是神仙惹的禍

- 除蠅高手表揚大會
  - 肚子裡的孫悟空
  - 調虎離山計
- 獨角犀牛王
  - 神兵利器博物館
  - 八百里通天河
  - 死的去，活的住

奇幻西遊記之

- 銀角大王
  - 裝天的寶貝
  - 幌金繩
  - 好一窩孫悟空
  - 母葫蘆不響公葫蘆響
- 赤腳大仙的冤情
  - 二郎神出征
  - 如來佛的手掌心

2 請你參考標題和組織圖，分別填入左邊表格裡。

妖怪名	神仙名	妖怪的計策	孫悟空的計策	其他神仙的計策	寶物名
				二郎神出征 如來佛的手掌心	
銀角大王			好一窩孫悟空 母葫蘆不響，公葫蘆響		

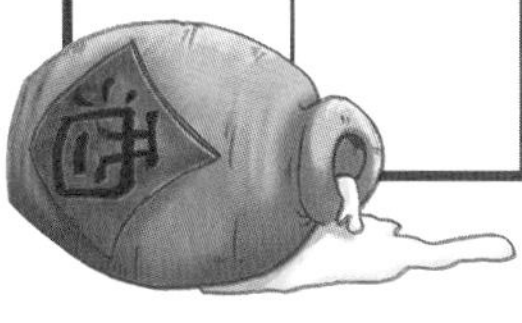

內容提問助理解

1. 赤腳大仙先後放了那些妖怪下凡？他們分別是什麼變的？
（例：金角、銀角大王：太上老君的金童銀童）

2. 赤腳大仙在天庭的角色是什麼？

3. 為什麼赤腳大仙會這麼氣孫悟空？

4. 孫悟空在書裡有好幾個稱呼，分別是什麼？

5. 孫悟空為何會有金剛不壞之身？

6 這些妖怪為什麼要抓唐僧？

7 請分別說出這些寶物有什麼厲害之處：

寶物	厲害之處
銀角大王的紫金葫蘆	
銀角大王母親的幌金繩	
孫悟空的金箍棒	
廣目天王的火龍火馬火鴉火槍火刀火箭	
龍王的白玉碗	
托塔天王的天王刀	
十八羅漢的金砂	
犀牛王的黃金圈	
靈感大王的九瓣銅鎚	

推薦文

千古傳唱的「西遊」故事

國立中正大學中文系教授 **謝明勳**

多年之前，在盛極一時的知名電影：魔戒（The Lord of The Rings）首部曲中，曾經出現一段發人深省的話語：

不該被遺忘的東西也遺失了，歷史成為傳說，傳說成為神話。

乍看之下，這段文字似乎是平淡無奇，但是用以檢證人類的歷史文明，許多事情往往都是不謀而合，它不時可以印證「歷史、傳說、神話」三部曲式的演化，儼然已經成為「由史而文」的無形規律，在此同時，也讓歷史真實與文學虛構之間彼此相互交錯。

歷史上，玄奘法師的確是實有其人，西天取經也是實有其事，只不過在大唐肇建不久，外患威脅依舊持續存在，國家局勢尚未完全穩固的唐代初期，玄奘法師向官方正式提出之「西行求法」的宗教活動申請，並未獲得朝廷允許。然而，唐僧追求真理的熱切意志並沒有因此而被澆息，他改以私行偷渡的方式默默進行，在因緣巧合的情況下順利出關，開啟了一段艱苦的西域之行。不容諱言，這一段真實歷史在人們馳騁想像之後，已經與真正的歷史愈離愈遠，它無疑是人們有意美化其事的結果。姑且不論它是傳說也好，神話也好，在人們「看似無心，實則有意」之選擇性遺忘，以及通過文學作品美化其事的特殊效果，西遊故事在「唐僧西行取經」的不變框架下，加入神魔元素，後來出現之文學作品遂蛻變成為充滿歷劫、考驗之冒險遊歷旅程，在諸多神魔不斷施展法術變化的翻騰挪移下，許多原本驚險的考驗都變得趣味橫生，宗教追尋不再只是對於向道之人的心志考驗，沿途不斷出現之妖魔鬼怪的阻道刁難，反而讓冒險遊歷的果實因之變得更加甜美。

鬥智鬥法，令人目眩神迷

《西遊記》書中除了眾所熟知之「取經五聖」（唐三藏、孫悟空、豬八戒、沙和尚、龍馬）之外，不同之「單元故事」不時出現之妖魔鬼怪，其所採取之阻撓取經行動的手段與各自擁有之神奇法寶，都讓人們感到目眩神迷，讀者的心緒亦不時隨著故事情節的高下起伏而跌宕奔竄，正邪雙方的鬥智鬥法，以及滿天神佛的不時出手協助，都是人們津津樂道的重要一環，也是廣大讀者建立認知體系以及吸納知識的重要管道。

事實上，許多看似平常的法器，實際上都是某種特定思維的具現，諸如平頂山蓮花洞之金角大王與銀角大王，其所擁有之紫金紅葫蘆與羊脂玉淨瓶，能夠在人們回應其所呼之名後，將回應者予以吸入，這其實是一種「名字巫術」，講述故事的背後，實際上帶有某種教誨的目的。「三打白骨精」的鋪陳手法，則是文學上之「反復」（或稱「三復」），它以相同之語言、手法，接二連三的重復出現，這在民間講述以及通俗文學作品之中實頗為常見。

毘藍婆以其子昂日星官眼中煉成之金針，大破蜈蚣精之金光陣，則是源自於雞剋蜈蚣之物類「相剋」原理。兔子精拋繡球定親，則是「緣由天定」的一種婚姻習俗。人參果則是中國古老的仙鄉傳說，是對於「不死」與「異域」的想像書寫。紅孩兒一事則是觀世音菩薩與善財童子五十三參故事的改寫，西梁女國則是「女兒國」傳說的餘緒。「烏雞國」則是「無稽」的諧音，是西遊作者的文字遊戲。簡言之，書中許多故事都是文學與知識的載體，承負著當代社會對於閱聽者的潛移默化。

「西遊」故事流傳至今已經超過千年，在口語講述的過程中，它是充滿變異性的，即使是在文字文本寫定之後，也並不意味著西遊故事從此定型，它依舊可以在人們舌燦蓮花的講述過程，或是文學作家妙筆生花的改寫之中，以嶄新形態站上文學舞臺，得到新的文學生命，而眾所周知的神佛與妖怪，在此一文學「轉化」與「新變」的過程中，亦只不過是文學創作者重新賦予生命的有機體，只要能讓有趣的故事吸引住眾人目光，與時俱進之新元素的加入，都是西遊故事得以蛻變提升，走向群眾內心之中的一個開端，而【奇想西遊記】正是此類「故事新編」的嘗試之作。

經典文化向下深耕

眾所周知，文學是靈動而非凝滯，它絕非一成不變，而是必須與時俱進，換句話說，因應不同讀者群的需求，將眾人熟知之古典文學予以適度改寫，使之能夠漸次普及，此係文化向下深耕的重要一環。

回顧西遊故事的發展歷程，歷史上的玄奘法師並非奉命西行，而《西遊記》中對於唐太宗以聖主明君形象與玄奘結拜成異姓兄弟，稱其為「御弟」，無疑是不合史實的，然而這一點在欣賞《西遊記》這部偉大之文學作品時，實是無須深究的。或許，絕大多數人心中所認知的三藏法師，並不是來自於《大唐西域記》或是《大唐大慈恩寺三藏法師傳》的描述，而是襲自通俗小說《西遊記》的口耳相傳。通過這部「奇書」，我們依舊可以清晰看到玄奘法師肩負淑世濟眾的偉大宗教情操，讓長達十萬八千里艱苦萬端的取經路程充滿神聖的光輝，每一步都是有利於黎民百姓。所謂之「西天取經」，應當不只是對於人心的嚴格考驗，更是人生成長歷程的縮影。每一個人心頭當中都有一座靈山，我們可以用宗教之「由人成神」、「由俗轉聖」的歷程視之，也可以將它理解成是「人生理想」的不斷追尋與實踐，這或許更能符合一般普羅大眾的世俗眼光，也更能切合人心需求，而這一點應當是西遊故事之所以能夠吸引住歷代世人目光，而且歷久不衰的真正原因所在。

推薦文

從經典中再創西遊記的新視界

東海大學中文系副教授 **許建崑**

《西遊記》是一本家喻戶曉的神魔小說，充滿了奇幻色彩。全書共一百回，可以分為頭、頸、身體三個部位。

頭部有七回，描述孫悟空誕生，尋找水簾洞，跋山涉水向菩提祖師學法術，又向海龍王索討武器，撕毀閻王殿生死簿，接受了天庭招安，兩度封為弼馬溫、齊天大聖，最後因偷吃蟠桃、仙酒、仙藥，被天庭通緝。他被二郎神打敗，關進太上老君八卦爐，僥倖逃脫，又向如來佛祖挑戰失敗，被壓在五行山下受懲罰。

頸部有五回，屬於過場性質。先說觀世音來中土尋找取經人；再交代唐三藏的父親陳光蕊被強盜所害，而母親將他「滿月拋江」，漂流到金山寺前，被長老收養。直到十八歲那年，他尋找母親，去萬花店與祖母相認，再行祭江救活了父親。故事緊接著一段「漁夫和樵夫對話」之後，引出涇河龍王與袁守誠、魏徵、唐太宗之間的瓜葛。唐太宗從地府返回陽間之後，派劉全送南瓜給閻王，幾經生死的折騰，也就虔心禮佛。而觀世音適時到來，點化唐三藏，讓他接受唐太宗的託付，前往西天取經。

至於身部，從第十三回開始到一百回，共有八十八回，包含四十一個小故事。唐三藏在途中收了孫悟空、龍馬、豬八戒、沙悟淨等人為徒，一同前往西天，途經黑風山、黃風嶺、五莊觀、白虎嶺、平頂山、盤絲洞、黃花觀、獅駝嶺，渡過了流沙河、黑水河、通天河、子母河、凌雲河，也通過寶象、烏雞、車遲、女兒、祭賽、朱紫、比丘、欽法、天竺等國家，一路上與虎、熊、牛、鹿、羊、鼠、豹、犀、蜘蛛、蜈蚣、樹等妖精戰鬥，也遭遇牛魔王、鐵扇公主、如意真仙、紅孩兒等黑手黨家族份子的刁難，更受到仙界成員的襲擊，如太上老君的童子、青牛，彌勒佛的童子，觀音的金魚，文殊、普賢的獅、象坐騎，佛祖的金雕，嫦娥身邊的玉兔，奎木狼星，還有老鼋龜等造難。真是關關難過關關過，最終到達了西天，從佛祖那裡取回法、論、經三藏，完成使命。

這一百回故事充滿奇幻色彩，用傳統「說書」的語氣建構了光怪陸離的想像世界，展現先民對宗教神祇譜系化與歷史化的企圖，也反映了當時代社會、政治、經濟、文化等諸多面貌，同時又兼具諷刺、揶揄與遊戲的特質。但因為全書將近七十二萬字，篇幅甚大；故事雖然精采，其中的情節、思想、語彙，對現代小讀者而言未必適合閱讀。

有許多作家因此續寫、改編《西遊記》，或者以漫畫、電影、電視劇的方式再創。

然而，大部分的改寫者不是長篇改短，留下「精華」，失去「氣魄」；或者只利用角色、地名等「空架子」，任意改換故事情節，失去了經典的原味。

王文華的再創策略

王文華【奇想西遊記】的再創，則採取細緻的書寫策略，他保存原書細節，不任意發揮，使讀者輕而易舉的「重返」經典現場。為了兼顧讀者閱讀的時間和「體力」，他把原作冗長而無機拼貼的「頭—頸—身」架構，拆成了四組故事，並且找出赤腳大仙、獨角仙、白骨精、人參果等四個角色做為串場人物，提供了新的「鳥瞰」視角。

赤腳大仙被孫悟空騙了，錯失蟠桃盛宴，還被玉皇大帝誤為禍首，綁在捆仙柱上受折磨。他對孫悟空恨之入骨，雖然身在天庭，卻關注著地面上取經團的一舉一動。金角大王、銀角大王在平頂山所設的陷阱，他看得一清二楚；青牛精私自下凡，用太上老君的金剛琢，取走了孫悟空、李靖、哪吒、水部、火部、十八羅漢等神的武器，他也是幸災樂禍；通天河的金魚精，獅駝嶺的獅、象與大鵬精，都是觀世音、文殊、普賢、佛祖的「家人」，他們侵犯取經團的時候，赤腳大仙總是用力按讚！書名為「都是神仙惹的禍」，十分洽當。

第二部是長大成獨角仙的雞爺爺蟲，自號混世魔王，孫悟空不在家的時候占領了水簾洞，結果被孫悟空一腳踩到地底下。他變出金角藍翅膀，飛到黑風山，慫恿黑熊精搶奪唐三藏的袈裟；託夢給滅法國國王，唆使殺害一萬個和尚；又與車遲國的虎力、鹿力、羊力大仙組成「復仇者聯盟」，還是沒辦法整到孫悟空。獨角仙乾脆變成假孫悟空，與孫悟空爭高低。最後的結果可想而知，他又被埋在地底下，五百年後才能重見天日。

第三部是白骨精生前的小妖妖，掉進鍋子裡，被煮成了白骨，丟棄路旁，因為一心「想吃唐僧肉」，所以化作白骨精來作祟。他在寶象國，教唆奎木狼星抓住唐三藏；又去找盤絲洞蜘蛛精、黃花觀蜈蚣精，設下圈套；最後到了天竺國，與玉兔精聯手，無非要分得一塊唐僧肉。小妖妖最後沒有吃到唐僧肉，不過卻得了一份不錯的工作，還意外有了長生的機會。

最後一部題名為「神奇寶貝大進擊」。生長在五莊觀又醜又小的人參果，跟著孫悟空環遊仙島；又隨取經團西行，在途中遭遇了紅孩兒打劫；在寶林寺幫烏雞國王伸了冤；渡過子母河時，看見唐僧與豬八戒懷了孕，也體會了孫悟空忠心勤懇，努力救主人的熱忱；在小雷音寺，他幫助孫悟空收伏彌勒佛的小徒弟；最後在火焰山，見識羅剎公主芭蕉扇的威力，也親臨孫悟空大戰牛魔王的沙場。活了九千年的姆指頭，在旅途中，有了多次變化，很神奇呢！最後變成了姆指妹，她決定留在火焰山，培養出八百棵人參果樹，子子孫孫繁衍至今，有了好歸宿。

提供孩童新的視界

王文華的書寫策略，情節緊湊，文字潔淨，避開長篇累牘的鋪陳，也減低了形上哲學的論述，而仍然保有《西遊記》原典的赤子心情，顯然是成功的再創。更重要的是，這一套四部的【奇想妖怪記】，在淺顯易懂的語彙中，與孩子分享日常生活的智慧與啟示，貼近了孩子的心坎。

孩子們可以選擇其中一本閱讀，行！要是愛不忍捨，連續讀上四本，也行！要是還不滿足，找出《西遊記》原典來，也可以一無阻礙的閱讀。因為王文華的思考模式與敘述視角，已經為孩子生發出更有效率的閱讀策略呢。

國家圖書館出版品預行編目資料

奇想西遊記. 1, 都是神仙惹的禍 / 王文華文 ; 托比圖.
-- 第一版. -- 臺北市 : 天下雜誌, 2014.09
187面 ; 17X21公分. -- （樂讀456系列）
ISBN 978-986-241-947-2（平裝）
859.6 103016522

奇想西遊記 1

都是神仙惹的禍

作者丨王文華
繪者丨托比

繪圖協力丨 Hamburg、丸弟迪、小崔
責任編輯丨蔡珮瑤
封面設計丨蕭雅慧
行銷企劃丨葉怡伶

天下雜誌群創辦人丨殷允芃
董事長兼執行長丨何琦瑜
媒體暨產品事業群
總經理丨游玉雪
副總經理丨林彥傑
總編輯丨林欣靜
行銷總監丨林育菁
副總監丨李幼婷
版權主任丨何晨瑋、黃微真

出版者丨親子天下股份有限公司
地址丨台北市 104 建國北路一段 96 號 4 樓
電話丨（02）2509-2800　傳真丨（02）2509-2462
網址丨 www.parenting.com.tw
讀者服務專線丨（02）2662-0332　週一～週五：09:00~17:30
讀者服務傳真丨（02）2662-6048
客服信箱丨 parenting@cw.com.tw
法律顧問丨台英國際商務法律事務所・羅明通律師
製版印刷丨中原造像股份有限公司
總經銷丨大和圖書有限公司　電話：（02）8990-2588

出版日期丨 2014 年 9 月第一版第一次印行
2024 年 8 月第一版第二十八次印行
定　價丨 280 元
書　號丨 BCKCJ026P
ISBN 丨 978-986-241-947-2（平裝）

訂購服務
親子天下 Shopping 丨 shopping.parenting.com.tw
海外・大量訂購丨 parenting@cw.com.tw
書香花園丨台北市建國北路二段 6 巷 11 號　電話（02）2506-1635
劃撥帳號丨 50331356 親子天下股份有限公司